新クニウミ神話

――ZONE――

青桃
Aomomo

文芸社

K教授に捧ぐ

目次

挿画　青桃

一炊の夢

何人《なんぴと》も知る由のない心の奥底《イド》で、新たなる夜明けが胎動する。
それに呼応して、蠢《うごめ》きはじめた猜疑心は、やがて渺茫《びょうぼう》たる不安感へと至る。

あまりに多くを教え込まれすぎて、却って無知蒙昧となり、
本末転倒したまま、妄想ばかりが脳裏を占めていく。
本質を見抜く眼がほしい。

虚栄の篝火《かがりび》が惰容さらす都市の楼閣を遙かにのぞみ、
決して渡り得ぬ川の此岸にて、ひとり雨の匂いを噛みしめる。
流れる水は、わだかまった心を禊ぎ、
虚無と化していく胸の内に、絶え間なく風吹きすさぶ。

いつもと変わらぬ宵闇の歓楽街。賑々しいイルミネーションの下、赤裸々に照らし出される下町の盛り場は、浮世の縮図。

日々《にちにち》の憂さを晴らそうと一杯引っかけては、ただでさえ薄っぺらな財布の中身を、不毛なやけ酒でさらに擦り減らすサラリーマン。自分探しにかこつけて、ギター片手に街頭に居座るストリートミュージシャン。投げやりにビラ撒きをする居酒屋のアルバイト店員。街ゆく女に手当たり次第声をかけまくる、節操のないホストたち。

さらに夜も更けると、商売女やポン引きの輩なんかが、何処からともなく現れては路上を徘徊し、一夜限りの戯れ事に徒花《あだばな》を添える。

青年の務めは、この歓楽街を巡回すること。とはいえ、青年は警官ではない。私設の警備員や町内の自警団員といった類でもないし、この街の出でもないわけで、とりわけ地元愛に溢れているといったはずもない。が、青年は名前を失ってこのかた、夜な夜な飽くことなく繰り広げられるこの光景を傍観してきた。

と、青年はびくりとして、ジャケットの内ポケットをまさぐる。携帯電話にメールが着信したのだ。

〝五番街ビル地下一階ショットバー『ゴッドブレスユー』、栄子二十五歳、区内の不動産会社に勤める派遣社員……〟

青年はメールの内容をすべて読み終えると、大きくため息をつく。そして、街角の喧騒へと消えていった。

＊　＊　＊

ここは、ショットバー『ゴッドブレスユー』。

栄子はカウンターのいつもの席に陣取っていた。緋色の口紅、緋色のドレス。ドライジンをグラス一杯あおると、今夜も、挑発的な眼差しで獲物を物色する。

栄子には二つの顔がある。

普段は地味で吝嗇家《りんしょくか》のＯＬ。勤め先のオフィスでは極めて影が薄く、その存在感たるや限りなく無に等しい。男性の上司や同僚からは言うまでもなく、女性からでさえも声をかけられることはほとんどない。ほんのお義理で年末年始の飲み会のお誘いがあったにせよ、どうせ断ってしまうくらい、付き合いも悪かった。

　が、週末の夜になると、事情は打って変わる。栄子は、芋虫が蝶へと変態するかのごとく、妖艶に変身を遂げるのである。魔性と化した栄子は、夜の街をうろつく。そうして出くわした男を手練手管でたぶらかし、有り金をごっそり巻き上げる。

　栄子の標的は金離れが良く後腐れのない男。

　栄子が『ゴッドブレスユー』に立ち寄ったきっかけはというと、おめがねにかなう獲物が見つからない晩、ほんの小休止のつもりで入ったのが初めだった。居心地の良さも手伝って、そのうち街へ出る夜には、必ず立ち寄るようになっていった。それに何より、品が良くておとなしい紳士、即ち、栄子のかもになりそうな客がそろっている。

　栄子が店に通い詰めている理由はもう一つある。それは、例の青年の存在である。

　初めのうちは、栄子の客の対象者ではなかったので、眼中にはなかった。が、週末ごとに必ず見かけるようになっていくうちに、何故かしら運命めいたものを感じるようになっていった。今では、店に立ち寄る一番の愉しみは、あの青年に会えることだった。もちろん、栄子の客としてではなく、ショットバーの一客として、ただ遠巻きに眺めているだけではあるが。

いつも独りで何故かボックス席に座り、人を待つでもなく、ただ時間を持て余している気配の青年。栄子の陣取る席からは、青年の様子がつぶさにうかがえる。そのどことなく物憂げな面持ちに、密かに共感を覚える栄子。

『きっと青年も、わたしと似た境遇におかれているに違いない』

一時の夢想にふけると、栄子の心は癒された。

今夜も、青年はいつもの時間にバーにやってきた。

青年は、当然ながら素知らぬ顔で栄子の背中の後ろをすり抜けて、奥のボックス席へと向かう。栄子はいつもその刹那、少女のように胸が高鳴る。

栄子はボックス席の方を振り返る。何だか今夜の青年は表情が妙に緊張している。

しばらくすると、普段見かけない女がバーに入ってきた。年格好は栄子と同じくらい。女は青年のいるボックス席へと直行する。そして、打ち解けた様子で青年と会話を始めた。青年は相変わらず強ばった顔つき。

栄子は頬が紅潮するのを感じた。

幾ばくも経たないうちに、女は立ち上がる。女は青年の肩を軽くたたくと席から離れ、そのまま店から出て行った。

栄子は自らの動揺に狼狽の色を隠せない。

『たかだか女ひとりに……。彼だって男よ。彼女のひとりやふたりいたっておかしくないじゃないの。それに、自分と彼との間に何の関わりがあるというの。勘違いするんじゃないわよ』

栄子はグラスのドライジンを一気に飲み干す。

長いため息をついて、カウンターに頬杖をつく栄子。と、背後に人の気配を感じる。

憂鬱げに後ろを振り返ると、栄子は我が目を疑う。あの青年ではないか。

「隣、いいですか?」

栄子の返答を待たずして、青年は隣の席に座る。栄子は全身の血潮がかっと熱くなるのを感じる。さっき飲み干したドライジンのせいばかりではない。

青年は空のグラスを指さす。

「同じものでいいですか?」

青年はバーテンダーに目配せする。

「あなたはぼくをずっと見ていた。ぼくもあなたをずっと見ていた。ぼくとあなたは似たもの同士。まるで鏡に映った我が身を見ているかのよう」

バーテンダーが空のグラスと酒に満たされたグラスとを取り替える。栄子がグラスに手を伸ばそうとした瞬間だった。

「栄子さん、あなたには弟がいる」

栄子は、はっとして青年を振り返る。

「何故わたしの名を……それに弟のことも」

栄子は、食い入るような目つきで青年に探りを入れる。

「ぼくは警察とか探偵とかではありません。もちろん、恐喝しようなんて了見も毛頭ない。何故かぼくにはわかってしまうんです。他人の心に秘めたる事情とか……別に知りたくもないのに」

青年は沈鬱な眼差しで栄子を見つめる。

「あなたは若くして両親を亡くし、弟とたったふたりで生きてきた。その弟といえば、先天性脳性麻痺で寝たきり状態。あなたは療養費をまかなうために、昼も夜も働き詰めの毎日。同僚からはケチだの付き合いが悪いだのと言われ、その上、週末にはこんな事まで……」

栄子は青年を睨《ね》めつける。

「そんなこと、ちょっと調べればすぐにわかることよ。同情して気を引こうなんて、薄っぺらな男……。みんな口先ばかり、もう聞き飽きた」

「ぼくはただ……」

栄子は青年の言葉を遮る。

「わたしは自分の力で何とかする。そう心に誓った」

青年は、咄嗟に、カウンターに置かれた栄子の手を握る。栄子は、思いがけない青年の行動に、心が揺れる。

「ぼくはただ、今日は栄子さんの誕生日だから、一緒にお祝いがしたくて……」

青年の思いがけない言葉に、栄子は思わず青年の顔を見返す。青年のその瞳の深淵に惹き寄せられ、栄子は釘づけになる。

「わたしのために……」

不覚にも青年に魅入られてしまった栄子に、青年はやさしくうなずく。

「誕生日だなんて……ここ何年も祝ったことなどなかった」

「だったらなおさら、乾杯しましょう」

青年は、栄子の手にグラスを持たせる。ふたりはグラスを傾ける。

素性の知れない青年が、何故か自分の名前を知っている。しかも誕生日まで。それどころか、職場の同僚にさえ知らせていない弟の事情でさえ把握しているなんて。

まともに考えれば不審に思って当然のシチュエーションなのに、ちっとも疑念を抱かないとは、栄子は我が身で我が身に驚いていた。酒も入っているせいなのだろうか、そんな

ことは些細なことのように思われた。

「ぼくは、いつかあなたとこんな風に、一緒にお酒を酌み交わせるんじゃないかと、予感してたんです」

「わたしもよ……」

一夜だけでいいから夢を見ていたい。栄子は青年との語らいに身をゆだねていった。

ふたりのグラスが空になると、青年は誘った。

「踊りませんか？」

躊躇する栄子を、青年は半ば強引にエスコートした。栄子は青年の胸の中で身も心も癒されていった。

『この幸せがずっと続けば……』

栄子はそう思った。

曲が終わりふたりはカウンターへと戻る。

栄子は煙草に火をつけた。青年は尋ねる。

「栄子さんはひとつだけ願いが叶うとすれば、何を願う？」

「そうね……弟の病気が良くなることかな」

「誕生日のプレゼントにひとつだけ願いを叶えてあげたい。心底から望む願いを叶えてくれる魔法だよ」

青年は、栄子の手から煙草を取り、灰皿に置く。そして、栄子の両手を握る。

「目をつぶって」

栄子は照れながら、目を閉じる。すると、一瞬白い閃光が栄子の眼孔を突き破る。あまりの激しさに、栄子は目を開ける。

「今のは……？」

栄子が青年を見つめると、青年は素知らぬ顔で視線をそらす。

栄子は灰皿から煙草を取って一服くゆらせる。


翌朝、街はずれの古びた安アパートの一室。

ここが栄子のねぐらだ。ウィークデーは早朝から深夜に至るまで稼業に勤しみ、週末は未明まで〝サイドビジネス〟に精を出し、くたくたにくたびれて、文字通り寝に帰るだけの部屋。

キッチンにユニットバスの付いたワンルームには、生活感がまるでない。家具らしい家具といえば、シングルベッドがあるだけ。ベッドサイドに無造作に置かれたフォトフレームには、栄子と弟と思しきパジャマ姿の少年との、病室でのツーショット。

床には、脱ぎさらしになった赤いドレス。

栄子は、ふと眼を覚ます。時計を見ていないのではっきりとはわからないが、どうやら、もう昼を過ぎているようだ。

結局、栄子は、昨夜はひとりも客を取らずじまい。ほのかに思いを寄せていた青年と、夢のようなひと時を過ごし、少々飲み過ぎてしまった。青年は、栄子の誕生日のプレゼントにひとつだけ願いを叶えてくれると言って、すると、にわかに閃光が走り、目の前が真っ白になって……。

そこから先の記憶がはっきりしない。あれからどうやって自宅までたどり着いたのやらわからないまま、栄子はベッドに潜り込んで、正体もなく眠り込んでしまったらしい。

『青年が部屋まで送ってくれたのだろうか？　まさか……』

青年が栄子の自宅を知るはずもない。

『でも、わたしのことなら何でもわかるって言っていたし……事実、何でも知っていたし』

何なんだろう、この胸のときめきは？　栄子は昨夜の余韻を求めて、ブランケットを頭からすっぽり被り、はにかんで背中を丸める。

突然、携帯電話の着信音が鳴る。青年からだろうか。まさか、電話番号どころか、メールアドレスの交換もしていないのに。

栄子はベッドから起き上がると、バッグから携帯電話を取り出す。発信元を見ると、弟が入院している病院からだ。

栄子は慌てて電話に出る。何かあったに違いない。

「はい……ええ!?　すぐに伺います」


栄子が病室に駆けつけた時には、事は既に済んだ後であった。

室内には医師や看護師が整然と並んでおり、栄子を静粛に迎え入れた。あらゆる手段が講じられたのであろう。修羅場と化したベッドの周辺には、応急処置用の機材が、あたかも戦場跡に残された兵器の残骸のごとく、あるがままの状態で放置されている。

弟の顔には、すでに白い布が被せられていた。

「突如、容体が急変し、応急措置を施しましたが、多臓器不全に陥って、午前十一時三十七分臨終されました」

栄子の耳には、主治医の言葉はまったく届いてこない。まるで遠い世界の出来事のようで、目の前の現実を、栄子は到底受け入れることはできなかった。

いたずらに時は費えていった。

弟の葬儀や事後処理に忙殺され、栄子は身も心も疲れ切っていた。栄子の生活は、すべてが弟中心に回っていた。それが一段落した今、栄子の胸に募るのは、埋め合わせようのない虚しさばかり。

どれほどの艱難な日々であろうとも、精一杯歩んでこられたのは、弟が生きていてくれたから。

＊　　＊　　＊

オフィス街の公園でひとり佇む栄子。園内に茂る常緑広葉樹の高木は、季節を選ばずいつでも木陰を差しかける。そして、その梢に惜しみなく小鳥たちを集わせ、さえずりが絶えることはない。都会のオアシスは、そこを訪れる人々に、分け隔てなく一時の安らぎをもたらす。その清々《すがすが》しさに、却って栄子の心は千々に乱れる。

「栄子さん」

聞き覚えのある声に、栄子は我に返る。

振り返ると、例の青年である。

悲しみ、寂しさ、愛おしさ、懐かしさ……圧し殺されていたあらゆる感情が綯《な》い交ぜになり、怒濤となって栄子の胸から溢れ出てきた。

「どうして……」

青年は無言のまま、ただうつむいている。

「約束したじゃない。願いを叶えてくれるって」

栄子は人目を憚らず、青年の胸に飛び込んだ。青年はやさしく栄子を包み込んだ。

栄子は泣いた。思いの限り、泣き続けた。

*　　*　　*

時は風のように過ぎ去っていった。

栄子は身も心も満たされていた。この世界が完璧なものに映るのは、青年がいつもそばにいてくれるから。

栄子と青年が一緒に暮らし始めて、早一年が経とうとしている。平凡だけれども平安な毎日。

週末ともなれば、ふたりでショッピングや映画に出かけた。青年とともに過ごす日曜日のブランチ。夕べに青年が作るマティーニは、ふたりっきりの至福の時を演出してくれる。

青年との静かな生活が、栄子のこれまでの苦難をすべて相殺してくれた。あまりの幸福感に、栄子は却って恐れすら覚える。

『この幸せがいつまで続くのかしら……』


ある日栄子は悪心を覚えた。病院で診てもらうと、妊娠していることが判明した。天にも舞い上がらんばかりの幸せに、栄子の心は弾む。

『早く彼に知らせないと』

栄子は携帯電話を手にする。と、その時、一抹の不安が栄子の脳裏によぎる。

「ひょっとすると……」

栄子は携帯電話を手離す。


栄子は、胎児の遺伝子診断を申し出た。青年に妊娠の事実を知らせる前に、先に遺伝子診断の結果を知っておきたかった。

しばらく経って、診断結果が通知された。

「弟さんは先天性の脳性麻痺だったそうですね……。誠に申し上げにくい事ですが、あなたのお子さんも、それと同じ病気の可能性があります。しかも、かなり高い確率で」

医師からそう告げられ、栄子は愕然とした。万が一と覚悟はしていたものの、運命の残酷さを栄子は呪った。

「どうしよう……堕胎《おろ》してしまおうか」

栄子は、ふと口をついて出た言葉に、悪魔を見た。

『何て酷いことを！　それではまるで、弟がいなかった方が良かったって言ってるみたいじゃない』

栄子は、呪いのようなその言葉を、懸命に打ち消そうと努めた。が、打ち消そうとすればするほど、言霊の魔力にのまれて、自家中毒を起こしていった。

次第に、その言葉は栄子の中で正当化されていった。さらに、それが確信へと変わるのに、さほど時は要しなかった。

『わざわざ自分から災いを招き入れることはない。彼のためにも、お腹の子のためにも。つらい思いは、わたしだけで十分』

とはいえ、いざとなると、罪悪感にかられ怖気づいてしまう。

処置を施そうにも、タイムリミットが迫りくるというのに、いたずらに時間ばかりが経過していった。

焦燥感に苛まれつつ、街を彷徨《さまよ》う栄子。気がつくと、陸橋の上にいた。

陸橋から見下ろす幹線道路には、引っ切り無しに車両が行き交う。遠くに響く救急車のサイレン。

「そうだ、これは事故なのよ」

栄子は、陸橋の階段の最上段から、下の地面を見下ろす。恐怖で足がすくんだ。

『もう少しましな方法を考えよう……』


真夜中。寝室では、栄子と青年がいつものように枕を並べて眠っていた。

栄子は、ふと目を覚ます。青年が寝入ってしまったのを確認すると、アパートの部屋から出ていく。

いつでも手軽に乗れるようアパートの脇に駐輪している、栄子愛用の自転車。辺りを確かめると、栄子は自転車の前にしゃがみこむ。そして、自分の自転車の後輪ブレーキに細工を加えた。

「ブレーキは故障していた」

栄子は自分に言い聞かせた。

翌朝、栄子は何食わぬ顔で、出勤する青年を見送る。

家事を一通り済ませると、栄子は自転車に乗って出かけた。

いつもとは違う道を行く栄子。その先には、予《あらかじ》め下調べをした通り、急な下り坂がある。

坂の上で、栄子は一旦自転車を停車させる。

坂の上から見下ろすと、やはり怖気づく。が、その時、背後からそっと栄子の背中を押す手を感じる。と、同時に、栄子は両手をブレーキから離す。

自転車は、坂道を転がり始める。

『そうよ、その調子』

自転車はどんどんスピードを増していく。目論見通りブレーキは利かない。

ついに自転車は、栄子にはコントロールできなくなる。栄子は自転車と共に坂道を転がり落ちていく。

薄れゆく意識の中で、栄子はなぜかしらふと後ろを振り返り、坂の上を見上げる。坂の上には青年が立っていた。

「どうして……」

一瞬白い閃光が栄子の眼孔を突き破る。あまりの激しさに、栄子は目を開ける。

「今のは……？」

栄子の手にある煙草の灰が、灰皿にこぼれ落ちる。

「どういうこと……」

栄子が青年を見つめると、青年は素知らぬ顔で視線をそらす。

「今のは、あなたが自分では自覚できない心の奥底で、実現を望んでいる真の願望です」

呆然とする栄子の手から、青年は煙草をそっと取り上げ、灰皿でもみ消す。

「煙草は身体に良くないです」

青年はカウンター席から立ち上がると、ひとりバーを後にした。

カウンターには、栄子の抜け殻だけが残された。

＊　＊　＊

青年は、逃げるように人混みに分け入った。できるだけ速やかに、ショットバー『ゴッドブレスユー』から限りなく遠くに行きたかった。

青年は自嘲する。

「所詮自分は名も無き存在」

青年が、鉄道の駅のコンコースまで来ると、例の女が手を振っている。『ゴッドブレスユー』に入って来て青年と話をしていた、あの若い女だ。

女は微笑んで青年を迎えた。

「初めての単独営業にしては上々の滑り出しね。これで彼女には布石を打てたっと。それにしても、どうして彼女から煙草を取り上げたの？　最期に一服したかったでしょうに」

青年はうつむいてため息をつく。

「僕にはむいていないです」

「何泣き言言ってるの。先行きの見えない不景気、物騒で世知辛い世の中は、我々死に神稼業には追い風。今しっかり販促しておかないと。それに、名無しのご身分で仕事選んでる場合？」

「はあ、早くこんな阿漕《あこぎ》な商売から足を洗いたい」

「それより、先週口説いたサラリーマン、やっと人生に踏ん切りつける気になったみたい。ようやくの思いで後ほんの一押しのところまでこぎつけたんだから。今からおっさんの背中押しにスカイビルの屋上までひとっ走りよ。今月のノルマ達成まであと一歩。やるぞ～」

ひとり気を吐く女の後を、とぼとぼとついて行く青年であった。

マッチ売りの少女

今さら寂しいなんて、夜通し泣き通したところで、
泣いて泣いて泣きあぐねて、いっそ川となって流れてしまえ

ずっと前から傍らにいたのに
慕わしい感触、今まで気づかなかった

胸を劈《つんざ》く烈《はげ》しい痛みに、身も心ももろく砕け
慟哭さえ、やがては嗄れ果てる

いつか帰れる日が来るなんて、今さら言われたところで、
泣いて泣いて泣きあぐねて、川よすべてを流してしまえ

はるばる極東の州《しま》国《ぐに》より流れに流れて、青年は極西の邦国へとたどり着いた。此岸の瀬でさまよえる魂を求めては、彼岸の淵へと背をそっと一押ししよう、というのが、青年の〝死に神稼業〟である。今では、世界を股にかけるビジネスパーソン宜しく、それなりに修羅場をくぐり抜けてきた青年は、自力で〝獲物〟の臭いを嗅ぎ分けられるまでに成長していた。未だ名無しであることには変わりないが……。

極西の大都会は留《と》め処《ど》なき欲望の坩堝《るつぼ》。成功という甘美《かんび》な蜜にありつこうと入れあげる者たちが群がる。彼奴原《きゃつばら》の空《から》まわりする狂熱を、あまさずのみつくしては動力源《エネルギーげん》とし、昼夜をあかず虚栄《きょえい》の篝火《かがりび》を灯しつづける摩天楼《まてんろう》。精気を吸いあげられ抜け殻となった彼奴原《きゃつばら》の、骸《むくろ》までも資材にして、楼閣《ビルがい》は堆《うずたか》く積み上げられ、めくるめく天をつく。篝火《かがりび》という炎に煌《きらめ》く白金《プラチナ》の夜景は、掴めば消えるホログラム。

十二月も、もう晦《つごもり》。むやみに冷えこむ都会の夜は、件《くだん》の熱狂もひと休み。抜けがけもあずかりおき。大晦日の今夜ばかりは、生き馬の目を抜く街角にも、皆人にひとしく神の恩《おん》寵《ちょう》が小雪となって降りそそがれる。小雪は楼閣《ビルがい》の鏡硝子《ミラーガラス》に映し出され乱反射し、チカチカと白金《プラチナ》の切片となって、神の恩寵は万倍に増幅され降りそそがれる。

「あ、雪……」

たとえにわかに溶けて無くなる恩寵であろうとも、つかの間の幸福感で皆人は昂揚する。

新年を迎えるにあたり、新市街はそぞろにわきたつ。フラミンゴの群れ宜しく、艶《あで》やかな羽根《はね》飾《かざ》りのマスカレード。小雪と相まって、フラミンゴたちの羽毛が舞い散る。羽根を模《かたど》った仮面をつけてビスクドールに扮した女たちが、新年明ける瞬間を接吻《キッス》で祝うため、仮初《かりそ》めの恋人を求め、ページェントをくりひろげる。

青年はといえば、この街でもやはり余所者《ストレンジャー》。普段から、見知らぬ者に対して、この街は寛大、というよりは知らん顔というべきか。見知った者にさえ無関心なのだが……。

しかし、今日ばかりは、皆が接吻《キッス》相手の候補者。紛れ込むにはもってこい。青年は中世の騎士を気取り、仮面に漆黒のマントを身にまとうと、さっそうと仮装行列へ飛び込む。すぐさまビスクドールたちが入れ替わり立ち替わり、上目遣いで青年の顔へと首を伸ばしては、仮面の裏に秘めたる瞳の奥底を覗き込もうとする。接吻相手にふさわしいか、品定めといったところか。

青年からすれば、彼女たちなど品定めするにもおよばなかった。ここにいる人間は、今のところ青年の求める〝顧客対象者〟ではない。とはいえ、人生一寸先は闇、この先どう転ぶのかなんて、誰にも予測はつかないもの。彼女たちだって、いつ青年の顧客になったとしても、何ら不思議ではないのだが。

マスカレードは、道行く通々《ストリート》で飛び入り参加者が増して、みるみるうちにふくらんでゆく。男も女も入り乱れての下世話な乱痴気騒《らんちきさわ》ぎへとエスカレートしてゆく。

大晦日の乱痴気騒ぎも、新市街のはずれまで来ると様相が一変する。新市街の向こうには旧市街が横たわっているのだが、新市街と旧市街との境界では、塵芥川が行く手をはばんでいる。

旧市街と言えば聞こえはよいが、要するに襤褸《ぼろ》になって捨て去られた街。新市街の華やかさとは裏腹の貧民窟《スラム》。そこは罪業の街ソドム。

街角には街灯がまばらにあるのみで、旧市街《ソドム》は闇に支配されている。薄暗がりに建ち並ぶビル群は、外壁のタイルははがれ落ち、打ちっ放しのコンクリートには黒い染みがこびりついている。

ビルの谷間をだらしなく垂れ下がる電線からは、時折火花がスパークするものだから、せっかくの街灯も不安定に点滅し、却って物騒な様相を呈している。無用の長物と化した街灯が点滅する度に、ビルの黒染みはまるで亡霊のごとく浮かび上がって、いよいよ禍々しい雰囲気を助長していた。

塵芥川を越えるには、相当の覚悟を要する。川の腐臭がただよってくるやいなや、華やかだった仮面のパレードも、からくりの発条《ぜんまい》がゆるみだしたかのごとく動きがにぶって、色褪《いろあ》せ、ついには浮気な昂揚も白けきってしまう。

塵芥川には、新市街と旧市街《ソドム》をつなぐ唯一の橋がある。その橋が目の前にせまると、皆調子に乗りすぎて、禁忌《タブー》の限界一歩手前まで来てしまったことを胸の内で反省する。

「まあいいさ、新年明けへのカウントダウンまで、まだまだ時間はたっぷりある。口直しにそこらのバーで一杯やるさ」

と、三々五々もときた新市街へとずらかる。

＊　＊　＊

マスカレードが去った後も、青年はひとり塵芥川の新市街河岸の端《はした》に立っていた。目前には旧市街《ソドム》へと続く橋。雪がしんしんと降る。青年のまとう漆黒のマントにも、真っ白い雪が容赦なく降りかかる。

ここでの雪は新市街のそれとは違い、死を招く禍というべきか。実際これほどの寒冷にさらされれば、屋外は言うにおよばず、屋内にいようとも、真っ当な人間であれば生命をすり減らしかねない。

静けさが、却って辺りに不気味さを醸している。

と、静寂を劈く断末魔の叫び。青年はひらりとマントを翻すと、橋を渡って旧市街《ソドム》河岸へと降り立つ。橋のたもとから川沿いにひとブロック先へ進んだ辻、叫び声の元へとすかさず駆けつける。

たった今、滅多斬りに屠《ほふ》られたばかり、死にたてほやほやの老婆が路傍にころがっている。

そのかたわらで、男が何やら探しまわっている。老婆を刺したそのナイフで、しきりに老婆の着衣のポケットや懐を引き裂いては、中身を検めている。男の目は血走り、涎を垂らして、屍をあさる犬の形相そのものである。

襤褸《ぼろ》をまとったみすぼらしい老婆が、大の男をそれほどまでに執着させずにはいられない物《ぶつ》を持っているとでも言うのか。

男は、老婆のすねのあたり、靴下の中から、ぎゅうぎゅう詰めの小さな巾着袋を取りだす。ようやくお目当ての物を探り当てたらしい。

震える手で巾着袋をこじ開ける。焦って覚束ない手元。巾着袋の口から中身が弾け飛び、うっすらと地面を覆う雪の上にばらける。

男は、手に持っていたナイフを放り出し、散らばった物を雪ごとかき集めては、よれよれの外套のポケットにねじ込む。ひとしきり集め終えると、屁っ放り腰で男は立ち上がって、辺りを見回し、誰にも見られていないことを確かめる。

男は老婆の両足首を掴み、川縁まで引きずっていくと、欄干の下をくぐらせ、屍を塵芥川へ放り込む。伏し浮きの格好になった老婆の背中が水面を漂う。

男は川の淵をかえりみることもなく、外套の襟を立て、足早に辻を後にする。そして、路地裏へと消えていった。

辻は再び静まりかえっている。老婆の骸のあった跡には、まるで何事もなかったかのごとく、雪がうっすらと覆っていく。

青年は、老婆殺しの現場のそばまで立ち寄り、血の跡を覗き込む。先ほど男が残していった血まみれのナイフが、刃をぎらつかせている。青年はナイフを拾い上げると、血をぬぐい取り、ズボンのポケットにしまう。

青年は、血の赤と雪の白とが渾然とする地面に、何か小さくて細長い物がきらきら瞬いているのを目にする。

「これがさっきの男が探していた物か……」

男が必死になってかき集めていた物とは、小指ほどの大きさの半透明のインジェクターだった。青年は何をか思いついたのか、インジェクターを三つ拾い上げ、丁寧にチーフに包み込むと、懐にしまい込む。

と、またもや路地裏から金切り声が。

青年はマントを翻すと、路地裏の叫び声の主のもとへと、すかさず駆けつける。路地裏の片隅、不規則に点滅する街灯の陰で、黒い塊がうめき声を吐きながら蠢いている。青年は得体を確かめようと近づく。すると、先ほどの老婆殺しの男が、腹ばいになって足掻いているではないか。

男はあえぎながら、青年の足下に取りすがろうと手を伸ばす。男の手から、使いさしのインジェクターの殻が数本こぼれ落ちる。男が青年を見上げると、その形相に青年はぎょっとする。

顔中の血管が浮き出て、目、鼻、口、耳から血が流れ出し、顔が血まみれになっている。それどころか、身体の穴という穴から血が噴き出しているではないか。先ほどまで人殺しをしていた男が、何だって急にこんなことに……。インジェクターを使用したせいなのか。

「たすけてくれ。早く楽にしてくれ……」

　男は青年に息も絶え絶えに頼み込むと、口からどっと血反吐を吐き出す。咄嗟に、青年はポケットのナイフを握りしめる。さっき、この目の前の男が老婆殺しに使ったものだ。これを使えば男を望み通りにしてやれる。

『いや待てよ、今夜は十二月の晦。もしも、旧市街《ここ》にも神の恩寵が届いているのなら、この男は苦しまずして天に召されるはず』

　青年は、男の死に様をしばらく傍観することにした。

　青年は靴先で男の手を払いのける。死に神にも見放された男は、苦痛に苛まれ、さんざんのたうち回った挙げ句、身体中の血液を噴き出し尽くしておっ死んだ。

　血が路上の雪を赤く染め、青年の靴底にも浸みていく。

　青年は確信する。ここには自分以外に神はいないと。

　それにしても、自分より他になぜ神がいないのか、草刈り場とも言えるこの場所が、なぜ死に神の死角になっているのか、一抹の疑問は禁じ得ない。とはいえ、ここでこうして手をこまねいているだけで、人間どもが勝手にやり合って、新鮮な魂が濡れ手に粟で手に入る。こんな好都合、捨て置く由などあるまい。

が、なぜ旧市街《ここ》に神が不在なのか、そのわけを、間もなく青年は嫌と言うほど思い知らされる。

そうとは露も知らずに、青年はしめたとほくそ笑むのだった。

＊　＊　＊

青年は携帯用無線通信端末を取り出す。無線通信サービス「死に神シンジケート」を起動させると、塵芥川やインジェクターについて検索する。

塵芥川のほとりには、娼婦や年老いた客引き女たちが屯《たむろ》している。女たちは、この界隈を取り仕切る元締めから、ポシェットや懐、小脇に抱えられるだけ小箱を持たされている。小箱にはインジェクターが数本入っており、それらは麻薬の一種で、俗に〝マッチ〟と呼ばれている。

〝マッチ〟と呼ばれるゆえんは、インジェクターの先端をマッチのように擦ると微細な針が飛び出てきて、それを注射するという仕組みになっているからだ。

一回分ディスポーザブルで、片手打ち可能なペン型注射器。効き目はてきめん。打つと即効、身体の芯から燃えるように熱くなってきて、一気に天国までぶっ飛ぶ。ただし、恍惚状態も薬が効いている間だけで、薬が切れれば途端、極寒地獄へ急降下。

その上、まれに粗悪品が混じっていることがある。それを俗に『当たりくじ』と呼ぶらしい。それが当たると、身体中から出血して痙攣を起こし、本当に昇天してしまうことさえある。これがインジェクターの正体である。

娼婦たちは〝マッチ〟を売り、身体を売り、そして客には魂を売らせる。

青年は表示画面をスクロールしていく。ふと、手が止まる。

『旧市街《ソドム》都市伝説……』

旧市街《ソドム》にしがみつく連中は、ほかに行き場のない札付きの人でなし。スリ、窃盗は日常茶飯事。堕ちたやからは、祝祭日も返上で終日《ひねもす》、非合法ドラッグ取引、人身売買、売春、強盗、誘拐、殺人に勤しむ。

奴らには、時とも無しに迫りくる衝動がある。虚しさと切なさからくるものなのか、否、そんな繊細な情緒など、奴らには微塵もあるまい。それは発作というべきか、あるいは、捕食、排泄、性欲と同じく、生きている限り逃れられないリビドーというべきか。

ともかく、そんな衝動に駆られた奴らに、この街は、衝動を抑えてくれる〝マッチ〟という魔性の薬と、欲望を満たす春を与えることで、静穏と悦楽をもたらしてくれる。

薬と春を与えられ、リビドーは一旦収束する。一時、静穏と悦楽がもたらされたとしても、それもつかの間、またもや衝動が頭をもたげ、再び静穏と悦楽を得ようと、奴らは犯罪へと駆り立てられる。

中毒ともいえる不毛を繰り返すたびに、リビドーは階乗して肥大し、終いには、死という魔物を身体のうちに宿すこととなる。

魔物は、宿主の精魂をうち枯らし身体を乗っ取ると、悪業の限りを尽くす。いよいよ身体が使い物にならなくなるほど傷んでくると、魔物は身体を食い破って外界に飛び出していく。

そして、邪魔になった抜け殻を塵芥川の川床へと蹴り捨てる。そのせいか、川はいつも腐った血肉の臭いがたえない。

こうして、人の殻をかぶった人でなしは、人の殻を脱ぎ捨てることで、本物の〝人でなし〟へとなりはてるのだ。

この都市伝説が、どこまで真実かは見当も付かないが、大方、旧市街《ソドム》の実態を反映していると言えるであろう。

青年は、携帯用無線通信端末の表示画面を覗きながら、塵芥川沿いを歩いてゆく。と、警告のサインが……。

『Warning! Warning! A failure monitoring section 42X detected the connection failure.』

急に電波レベルが微弱になり通信が途切れると、携帯用無線通信端末のconnection表示画面がフリーズしてしまう。

『死に神シンジケートでさえ、通信不能になるとは……』

死に神の死角とはいったいどんなものなのか、青年は未知の領域へと足を踏み入れる。

＊　＊　＊

塵芥川の川縁を行くと、まだ幼さの残る娼婦たちが、子ネズミのように群れ集まっているのに出くわす。

真冬だというのに、客引きのために身体の線が透け透けのランジェリーをまとい、素足にハイヒール。中には透明のビニル樹脂を身体に巻き付け、腰のあたりをひもで結わえている少女までいる。そこまでになると、卑猥なのを通りこして惨めやら滑稽やら。

少女たちは、身売りや拐かしで、ここに連れてこられていたのは明らかだった。生まれながらの女《ずべた》というものなどそうざらにいるわけでもなし、少女たちもかつては無垢であっただろう。

日々のすさんだ暮らし、元締めによる過酷な労働と取り立て、娼婦同士のいがみ合いや妬み、裏切りやだまし合いにさらされていくうちに、卑屈になり、擦れて腐っていく。無駄に抗うよりも、悪に心身をゆだねる方が、ここでは楽に生きられる。やがては、自ら悪の分子となりさがり、さらなる悪を産みだし、ばらまく。

少女たちが皆首をすくめ身を強ばらせているのは、どうやら寒さのせいばかりではないようだ。

と、青年は少女たちの群れの中に、青年が請い願ってやまない魂の気配を感じる。まだ死んでいない魂。にもかかわらず、自分と同じ匂いがする。死にゆく運命にある者の中には、希にこのような兆候を示すものがいるらしい。青年もかつてはそうであった。そして、青年は一度死に、死に神に生まれ変わったのだ。

『それにしてもただならぬオーラ。さっき通信障害が生じたのも、このせいにちがいない。探し求める少女はこの中にいるはず。いったいどこに紛れ込んでいるのやら……』

突如、辺りに男のがなり声が響く。

「隠したってお見通しさ。お前だな、〝マッチ〟を擦ったのは」

ひとりの少女が、元締めと思しき男に髪を引っ掴まれ、引きずり出される。

どうやらこの少女は、売り物のインジェクターに手をつけてしまったらしい。娼婦たちが売り物の薬をやることは到底許されない。もしも、売り物に手をつけたのがばれれば、見せしめとして元締めからこっぴどく折檻される。それでも、寒さと空腹に耐えかねて、〝マッチ〟を擦る者があとを絶たない。

「マッチ売りがマッチを擦ってしまえば、それでお終いさ」

少女は平手打ちで頬を何度も何度も打《ぶ》ちのめされ、歯茎が切れ唇から血を滴らせる。

「今度やったら、縛り上げて川に打《ぶ》ち込んでやる」

そう元締めからきつく戒められると、少女は地べたに打ち捨てられる。

周りの少女たちは、寒さと恐怖で声も出ない。

「見世物は終わりだ。みな、とっとと持ち場に散れ」

元締めが怒号を浴びせると、少女たちは我に返り、それぞれの持ち場へ駆けていく。

青年は、その場に取り残され独りうずくまる少女の側に歩み寄りかがみこむ。青年は、少女の額に手を伸ばし、手のひらでそっと触れてみる。少女は肢体をびくつかせ、おびえた上目遣いで、青年を振り仰ぐ。青年は少女の瞳の奥を覗き込む。

『この娘《こ》じゃない……』

青年は何をか思いついたのか、少女に札片《さつびら》を握らせ、こっそり耳打ちする。少女は札片を掴んだ手の甲で口元の血を拭うと、黙って頷く。

＊　＊　＊

ソーニャは、橋の欄干にもたれかかり、塵芥川の川面を見下ろしている。

暗闇に、青緑がかった腐爛泡がふつふつわきあがり、その泡が弾けるたび、水面は白濁色の靄《もや》で覆いつくされる。

「いっそ堕ちてしまえば、楽だろうに……」

そこはかとなく我が身の行く末を嘆き、ソーニャは独り呟く。

ソーニャという娘も、ご多分にもれず、ここを棲みかに〝マッチ〟と春の両方をひさいで世すぎとしている。

ソーニャも他の娼婦たち同様、ポシェットを肩から掛けている。中身は言うまでもなく〝マッチ〟でいっぱい。これが一晩でさばかねばならないノルマだ、と元締めから言い渡されているのだ。大晦日といえども、例によって例のごとく、客を取らねば一日たりとも生きてはゆけない。

懐から取り出す錫のロケット。ソーニャが所有している唯一の財産。ソーニャがソーニャであるゆえんは、もはやこれだけ。

それは青天の霹靂だった。ソーニャが、都会の縫製工場に単身出稼ぎに行くよう父から告げられたのは、二年余り前、冬も近づくある晩秋の朝のことだった。そして夕べには、都会へと向かう列車の中にいた。

ところが、縫製工場とやらは何処へやら、どういう経緯《いきさつ》でたどり着いたのか、連れてこられた先は地獄の一丁目。

生きるためとはいえ、薬を売り身体を売ってきた。空腹に耐えかねて食べ物を盗んだことは再三再四。犯した罪は数知れず。寒さが痛みとなって、五臓六腑に沁み渡る。

こんな実情とは露も知らず、ソーニャを送り出した郷里の家族。大好きだったアリョーナばあちゃん。もしも、ソーニャが凄惨な生活《サバイバル》を強いられていると知ろうものなら……。

『いつまでこんな暮らしを続ければ済むのだろう……』

終わり無き不毛を繰り返していると、当然老け込むのも早い。娼婦の分際で身体が使い物にならなくなると、もはや客引きか薬の売人、物乞いをするより他ない。ここを根城にしている老女たちは、大概こうした娼婦の成れの果てだ。

『〝マッチ〟を擦ってしまえば、それでお終い』

さっきの元締めの言葉が、頭の中をリフレインする。

一旦薬に手を染めれば、もう後戻りはできない。絶対に薬にだけは手を出すまい。

『生を得るために悪事を重ねようとも、日々の辛さから逃れる目的のために、悪事に手を染めることだけは決してすまい』

それは、ソーニャのたったひとつ立てた操。薬に手さえつけなければ、いつかきっと、もとの日常へ戻るチャンスがおとずれる。ソーニャは何となくそんな気がしていた。

ロケットを開けると、ちっぽけな家族の写真が。別れ際に祖母が持たせてくれたもの。どこにいようとも、いつでも家族と一緒。ソーニャはロケットを閉じると、しっかりと握りしめる。

と、突如、背後からソーニャの背中を突き飛ばすものがいる。ソーニャは危うく欄干から塵芥川に落っこちそうになる。既《すんで》のところで欄干に手をつき、どうにかとどまる。ソーニャが振り返ると、先ほど元締めからこっぴどくとっちめられていた娼婦が、血相を変えて立っている。

「あんたね、ちくったのは」

娼婦がソーニャに掴みかかってくる。ソーニャはそれを組み止める。ふたりは橋の欄干を背に取っ組み合いを始める。

「あんた、元締めとできてんだろう。やつはあんたにだけは甘いもん」

「だれがそんなことを……」

「あっちにいる仮面の男が全部教えてくれた」

「どこ……？」

ソーニャは娼婦を突き放すと、辺りを見渡す。が、それらしき男はどこにも見あたらない。

娼婦は再度ソーニャの横っ腹めがけて突進してくる。不意を突かれて、握りしめていたロケットが手から離れて、ソーニャはロケットを地面に取り落としてしまう。

「しまった……」

ソーニャは息を呑み、慌てて拾い上げようとする。娼婦がそれを見逃すはずがない。

「こんなもの！」

娼婦は、ソーニャのロケットを塵芥川に向けて蹴り入れる。ソーニャの目の前を、ロケットはスローモーションでかすめていく。そして、欄干をくぐり抜け、そのまま川面へと落ちていく。ロケットはポチャンと音を立てて、川床へと沈んでいった。

「あっ……」

ソーニャの中で、感情の箍《たが》が弾け飛んだ。腹の底から突き上げてくる煮え滾る血潮。

「よくもやったな。お前も落っこっちゃえ」

ソーニャは、怒りにまかせて娼婦の首を締め上げると、そのまま橋の欄干へとぶっつけ押しつける。その瞬間、娼婦の首の骨がポンッとはち切れる音がする。とたん、娼婦の肢体から力が抜けて、ソーニャに押された勢いそのままで、塵芥川へと真っ逆さまに落ちていった。

水飛沫《しぶき》は上がるやいなや、娼婦は溺れる間もなく川床へと吸い込まれていき、あっという間に姿が見えなくなった。娼婦の肢体が沈んでいった後の水面には、しばらく札片《さつびら》がくるくると渦を巻いていた。が、やがてそれも水面下へと消え去った。

それは咄嗟の出来事だった。

ソーニャは頭の中が真っ白になり、何が起こったのかまったく理解できなかった。ほとばしらんばかりの激怒から一転、戦慄が身体中を駆け巡る。ソーニャはわなわなと欄干から後退りし、ただ逃れるようにその場から立ち去った。

＊　　＊　　＊

ソーニャは自分が何をしでかしたのか、にわかには受け入れがたかった。未だ夢の中の出来事のようで、リアリティーをもっては認められない。

それどころか、今我が身が立っているのか歩いているのかさえ、現実感がまるでない。

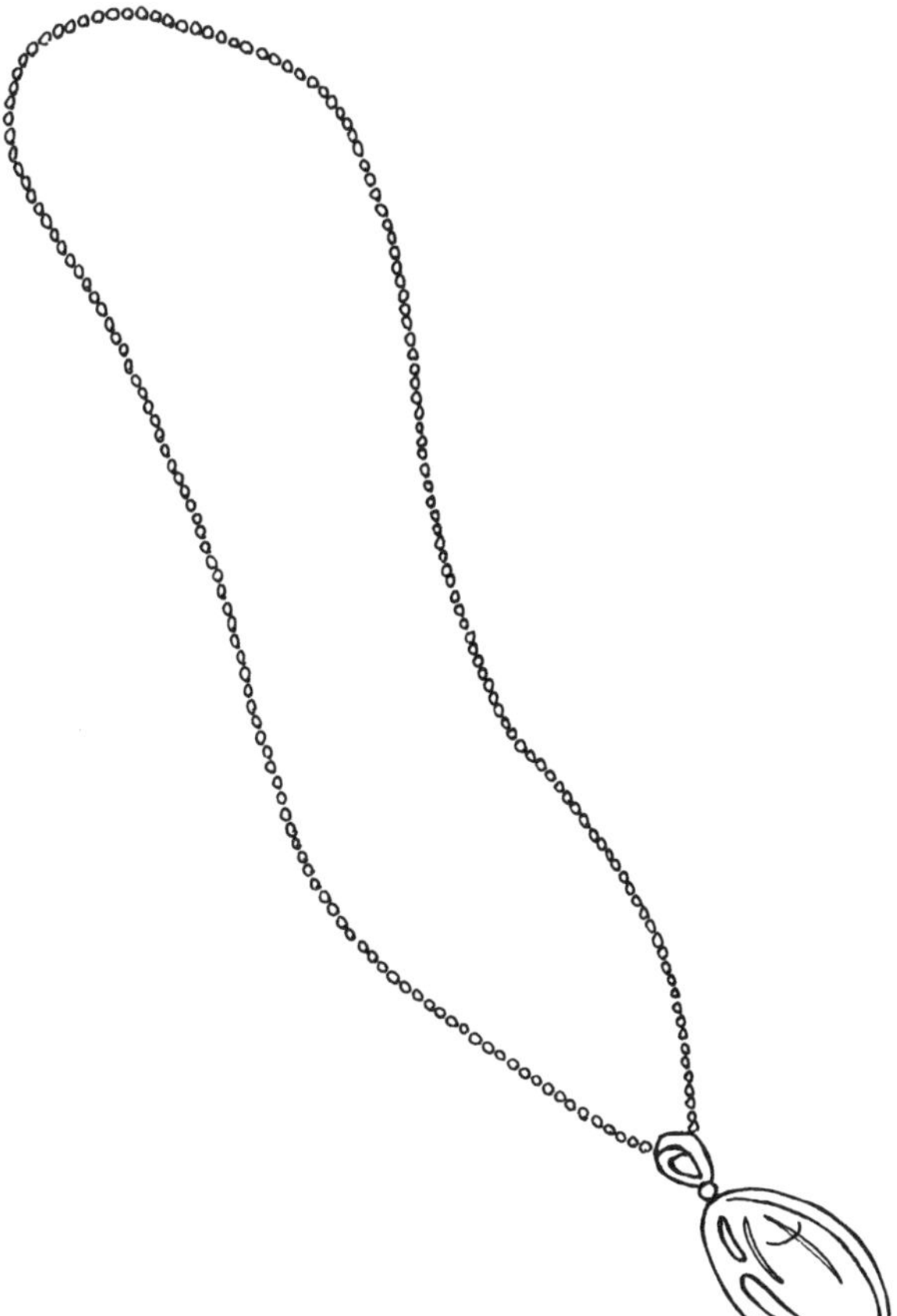

地面に着地している感覚すらなく、宙を漂っているよう。

見えているのは、目の前の事物であるにもかかわらず、映像のモニター画面を通して眺めているかのようで、どこか異次元空間の存在のよう。

聞こえるのは、我が身が発する早鐘のような胸の鼓動と息づかいのみ。

何処をどう彷徨ったのか、ソーニャはまたしても塵芥川の橋のたもとに回帰していた。

『ひょっとしたら、すべては夢幻《ゆめまぼろし》だったのかもしれない』

事ここに至っては、妄想とも思しき盲目的願望が、ソーニャの頭の中を占めていた。

ソーニャは橋の欄干に手をかけるも、川面を覗き見て、先の出来事が夢か現《うつつ》かを確かめる気力すら無い。欄干に背を向け、天を仰ぎ見る。

天からはそこかしこに小雪が舞い散る。地からはぞっとするような寒冷がそそりあがってくる。

ソーニャは助けを求めるかのごとく、胸に手をやる。そこにあったはずのロケット、あの大切なロケットは、もうそこには無かった。

もはや川面を覗き見る用など無い。それがすべてを物語っていた。やはり、あの忌まわしい出来事は紛れもない事実であり、ソーニャのすべては、あの時、失われてしまったのだ。

ソーニャは嗚咽し、胸をかきむしる。そして、そのまま欄干を背にへたり込んでしまう。

「ああ、何と恐ろしい、悪魔の仕業」

男の声がして、ソーニャははっと顔をあげる。

全身黒いマントに包まれた、仮面の男が忽然と目の前に立っている。

「心配することはないよ。さっきのことは、君と僕しか知らない」

ソーニャはつぶらな瞳を大きく見開いて、青年を見上げる。青年はソーニャの瞳の奥を覗き見る。

『そうだ、この娘《こ》に違いない。発せられるこのオーラ……』

青年は恭しくソーニャの前にひざまずく。もはや確かめるまでもなく、ソーニャの額に手を伸ばす。

青年にとっての未知との遭遇。直に生身に触れてみると、さっき娼婦たちの群れに初めて接触した際に感受した強烈なオーラ、というよりは、柔く耽美な感触である。青年は不覚にも求めてしまう。

青年は、ソーニャの冷えた身体をマントで包み込む。ソーニャは抗う気力もなく、ただ青年の胸で慟哭する。青年はソーニャの髪を撫でつけ、首筋を摩る。

「楽にしてあげよう」

青年は、ソーニャを胸に抱きながら、懐からチーフを取り出す。先ほど拾ったインジェクターが三つ。例の〝マッチ〟である。その一つ、先端を擦ってソーニャの項《うなじ》に突き刺す。ちくりと痛みが走って、ソーニャは咄嗟に青年の胸に腕を突き、青年から離れる。

「何するの……」

ソーニャは手のひらで項を探るも、瞬く間に意識が混濁し、目眩く夢の中へと堕ちていく。

端無《はしな》くも、ソーニャは自らに課した禁忌《タブー》を犯してしまった。

崩れ落ちるソーニャの肢体を青年は脇に抱え込むと、再びマントの中に包み込む。

＊　＊　＊

暗闇の中から、じんわりと紅《あか》みが差してくる。

「……何だろう?」

湿った土の香り、瑞々しい草の感触。やがて目の前が緋色の鮮血に染まり、そのあまりの赤さに耐えきれず、手のひらで空《くう》を掴み払いのけようともがく。

ソーニャは、自分が目を閉じていることにはたと気づく。ソーニャはそっとまぶたを開ける。

夢にまで見た我が家、故郷のライ麦畑。天上に燦然と輝く真ん丸の太陽が目に飛び込んでくる。ソーニャは、緋色を掴み損ねた手のひらを太陽にかざしながら、青々と茂ったライ麦の葉の中に埋《うず》もれた身体を起こす。

背丈に迫る勢いで伸びたライ麦は穂先をぴんと立て、瑞々しさでみなぎっている。ソーニャは穂を手に取ってみる。このところ天候不順のため、立ち枯れや実が入らないなど凶作続きだった。けれど、この分だと、今年は昨今になかった豊作にちがいない。ソーニャは、まだうら若い穂先をやんわりと握り、頬をよせる。

雲雀のさえずりがきこえる。声に誘われて、ソーニャは初夏の空を仰ぐ。背後から、頭の上を雲雀が空翔る。それを目で追うと、抜けるような空の青と陽光に照り輝くライ麦畑の緑が、スカイラインまで延々と続き、天と地とでコントラストを奏でる。雲雀は天高く翼を広げ、地平線の彼方へと消えていった。

一陣の風がライ麦畑を駆け抜け、葉が地平線まで波打つ。ソーニャは立ち上がると、ライ麦に肩まで埋《うず》まりながら、地平線目指してゆっくりとライ麦の穂をかき分け進む。

人っ子ひとりいないライ麦畑。ここ何年あまり活躍の機会がなかったコンバインが、畑の中でぽつんと出番を待っている。収穫前の昂揚感をソーニャはかみしめる。

『今年こそは……』

ソーニャは両腕を大きく開いて空に向かって掲げ、胸一杯に深呼吸をする。

ふと、地平線の向こうに、黒い霞のような何物かを目にする。にわかに空気感が変わり、ぶるぶると小刻みな振動が伝わってくる。ソーニャは激しい胸騒ぎにおそわれる。

『まさか、あれがやってきたのでは……』

黒い霞は、みるみる大きな塊となってライ麦畑へと押し寄せてくる。飛蝗《とびばった》の大群だ。大粒の雨のごとく、飛蝗《とびばった》の大群はライ麦畑に急降下してくる。ソーニャは、あっという間に飛蝗《とびばった》の煙幕に巻かれる。

飛蝗《とびばった》はライ麦にとりつくと、破竹の勢いで、青々しい葉や若い穂をむしばむ。必死に振り払おうとするも、ソーニャの目の前で、飛蝗《とびばった》は容赦なくライ麦を喰らいつくしていく。

ソーニャは顔に張り付いた飛蝗《とびばった》を掴み取り、渾身の力で捻りつぶす。腹の底から突き上げてくる煮え滾る血潮。炎のように全身の血が燃えあがる。

ソーニャは怒りにまかせて、金切り声を上げる。すると、何ということか、辺り一面の飛蝗《とびばった》が一斉に火を噴いて宙で爆ぜた。一瞬にして、無数の炎の花弁となって舞い散る飛《とび》蝗《ばった》の残骸。

ソーニャは呆気にとられて眺めていた。が、はっと気づく。

『そういうことか』

ソーニャは、今一度怒りをため込むと、金切り声にして打《ぶ》ちまける。すると、より一層大量の飛蝗《とびばった》が空中で燃え落ちる。ソーニャが怒号をあげる度に、飛蝗《とびばった》は炎となって燃え、灰となって消える。

ソーニャは、もっともっと怒りをため込み、声の限り叫び続けた。憎き虫どもは、おもしろいように火を噴いて飛び散り、炎の乱吹《ふぶき》となって吹き荒れる。

ついに神の雷《いかずち》を手に入れたのか。ソーニャは今まで味わったことのない快感を覚える。勝ち誇った女神は、有頂天になって拳を天に突き上げ、高笑いする。

ふと、手のひらに痛みが走る。ソーニャは突き上げた拳を下ろし、手のひらを開いて見る。握りつぶした飛蝗《とびばった》の骸が、火種となって手の中で燻っている。

辺りを見渡すと、灰になったはずの飛蝗《とびばった》の燃え殻が、火の粉となって畑へ降り注いでいるではないか。ライ麦の穂や葉に次々に飛び火し、ちりちり燃えだしている。

ソーニャは火の粉を振り払おうと足掻いてみるも、もはや火の勢いは止められない。瞬く間にそこかしこから火の手が上がり、たちまちライ麦畑一帯に燃え広がる。

「あぁっ！」

ソーニャもまた、火の海と化したライ麦の大海原に呑み込まれる。飛蝗《とびばった》の骸の火種を握りしめたソーニャの手のひらから順々に、みるみる肢体が燃え朽ちてゆく。

「やめて！」

＊　　＊　　＊

はっと目を覚ます。ソーニャの身体は芯から燃えるように熱くなっている。頬は紅潮し、唇は薔薇のつぼみのよう。

青年はあまりの熱気に耐えかねてマントを開くと、ソーニャもろとも小雪のうっすら降り積もる地面へ身を投げ出す。ふたりとも激しく息があがり、全身汗でぐっしょり濡れ、湯気が立つほどだ。

これがいわゆる〝マッチ〟という薬の効果の表れである。おかげでソーニャは一気に恍惚の極みに達したのだが。

「ごめんなさい。畑を燃やすなんて……そんなつもりはなかったのよ。ただ守りたかった」

ソーニャは、何度も何度もそう繰り返し許しを請うては、むせび泣く。

にわかにソーニャは寒気におそわれ、背中に悪寒が走る。薬が切れ始めた兆候だ。これがいわゆる〝マッチ〟という薬の副作用の表れである。昂揚が持続するのも、薬が効いているつかの間。一時の快感の後に待っているのは、耐え難い寒冷。寒気は瞬く間に身体中を駆け巡る。薬が切れるやいなや、あれほどの熱気がうそのように、一挙に極寒地獄へ急降下。身体はがたがたと震えが止まらず、薔薇色だった唇はみるみるうちに真っ青に染まっていく。

「寒いわ。死んじゃいそう」

青年は、寒さに身を打ち震わせるソーニャを抱き寄せ、再びマントにくるむ。ソーニャの心の奥底で魔物が胎動する。魔物の慟哭が、振戦となって青年の体幹で共鳴するのに、青年はぞくぞくする。

「楽にしてあげよう」

青年は懐中からもう一本インジェクターを取り出す。二本目の〝マッチ〟だ。青年はソーニャの首筋を摩る。

一本目とは打って変わって、抗うことなくされるがままのソーニャ。青年は〝マッチ〟の先端を擦ると、ソーニャの項に突き刺す。途端、身体の震えが止み、ソーニャの顔には紅みが差してきて表情が弛む。そして再び目眩く夢の中へと堕ちていった。

＊　＊　＊

からからと軽く乾いた地籟《ちらい》が、ソーニャの耳をくすぐる。地籟はゆっくりと、しかし確実にこちらへと近づいてくる。ソーニャは、抗いがたい身のいたずらにせき立てられて、そぞろな心持ちに駆られる。

『何の音？　ここはどこ？』

ふと、ソーニャは、右手に懐かしいぬくもりを覚える。

『おばあちゃんの手……』

ソーニャは右隣を振り返る。黄昏時《たそがれどき》、この日最後の陽光が照り輝き、アリョーナばあちゃんの横顔を琥珀色に染め上げる。

大好きなアリョーナばあちゃんがそばにいる。それだけで、そぞろな気分が穏やかに落ち着いていき、平安が心に満ちてゆく。

ソーニャの左手には、古ぼけた小さなトランクが一つ。それが、ソーニャが持たされたすべて。

『そうか、この日は故郷での最後の日。これから列車に乗って故郷を後にするんだ』

線路沿いに続く石ころだらけの下道。路傍の蕁麻《いらくさ》の藪はすっかり枯れ渡り、色褪せ干からびた草木を燥《かわ》いた風が冷たく撫でる。それは晩秋を告げるのと同時に、これから訪れる長く厳しい季節の兆しでもある。

ソーニャは、アリョーナばあちゃんの顔をまじまじと確かめる。アリョーナばあちゃんは、あえてソーニャの方を見ようとしない。いつになく硬い表情で、ただ前だけを見ている。

ソーニャは今一度、しっかり祖母の右手を握りしめる。ふたりは手をつないで駅へ向かう。ふたつの夕影が後ろに長く棚引く。遠ざかるふたつの影を見送るソーニャ。

『え、なぜ？　どうしてわたしの影が遠ざかっていくの？』

ソーニャは自分の周囲を見回す。いつの間にか、ソーニャは視線だけになり、身体から離れ、藪の草木に溶け込んでいるではないか。ソーニャの視線は、ふたつの影においていかれまいと、草木をつたいづたい後を追う。

からからころころと、レールの上を、先ほどよりもより一層大きくなって、地籟が駆け来る。その地籟を追いかけて、背後からけたたましい轟音とともに列車が迫り、あっという間に、ソーニャとアリョーナばあちゃんを抜き去る。この日の最終便である。

やがて列車は徐々に速度を落とし、駅で停車する。ほどなく、ふたりは列車の最後尾に追いつく。そこでふたりは歩みを止める。

駅員に見つかるまいと、最後尾の貨車の陰でそわそわするソーニャとアリョーナばあちゃん。改札を通らず無賃乗車を決め込むため、手引きを待っているのだ。

突如、東洋系の顔立ちの異邦人《ストレンジャー》が、貨車の連結部から身を翻し、ふたりの前に現れ出る。どうやら周旋屋らしい。見知らぬ男のはずであるにもかかわらず、どういう訳かどこかで会ったことがあるような、ソーニャの視線はそんな気がしてならない。

男は、針のような鋭い目つきでソーニャを一瞥する。人がいないかどうか辺りに目を配りながら、手際よく錠を外し貨車の引き戸を開ける。

貨車内は明かりもなく、ソーニャと同じくらいの年端の行かぬ少女たちが、身じろぎすらできないほどどすし詰めになって座り込んでいる。少女たちは、皆一様にくたびれ果てた様子で、薄暗がりの中、生気の抜けた目だけが一斉に外に向けられる。

男はソーニャに貨車に乗り込むよう促す。少女たちは、虚ろな瞳をソーニャに投げかける。ソーニャは思わずたじろぎ、アリョーナばあちゃんを振り返る。アリョーナばあちゃんは、自分の首にかけていたロケットの鎖をはずすと、ソーニャの首にかけてやる。そして、優しく髪を撫でつけ頬に接吻する。

男は、ソーニャの尻を押し上げ貨車に乗り込ませる。ソーニャは、狭い車内で小さなスーツケースを抱え込み、惜しむかのごとくアリョーナばあちゃんの顔を見つめる。アリョーナばあちゃんは、伏し目がちにひたすら罪を贖わんかのごとく両手を組んでいる。

ふたりを引き裂くように、容赦なく引き戸が閉じられていく。最後の最後まで、祖母の姿を網膜に焼き付けようと、ソーニャはアリョーナばあちゃんから目を離さない。鉄板がきしむ鈍い音とともに、引き戸の向こうにソーニャの姿が見えなくなる。

男は、完全に戸が閉まったことを確かめると、厳重に引き戸の錠を下ろす。

夕闇迫る線路端で、アリョーナばあちゃんと男は最終列車を見送る。列車は再びうなりを上げ、夕闇から逃れ光り輝く落日を追って、西へと走り去る。こうして、首尾良くソーニャは列車に乗せられ、故郷を後にした。

線路端の藪の中で、ソーニャの視線は、自分の乗った列車の最後尾が見えなくなるまで見つめている。アリョーナばあちゃんは、両手を組んだままひたすら祈り続ける。

しばし、列車の発する地籟がレールを通じてわずかに余韻を響かせている。やがて地籟も消えて無くなり、辺りは死んだように静まりかえる。

ふと、ソーニャの視線が男に振り向けられる。

男は辺りに人がいないことを確かめる。そして、アリョーナばあちゃんと差し向かいになって両腕を引っ掴むと、固く組まれた両手の指をこじ開ける。

男は懐から厚みのある封筒を取り出す。アリョーナばあちゃんを下目に掛けると、封筒の中身を少しだけ覗かせ、アリョーナばあちゃんに検めさせる。

それは札束だった。

男は札束を再び封筒に収めると、それをアリョーナばあちゃんの両手にねじ込む。

『え！　なぜ？　どうしておばあちゃんがお金をもらうの？　逆じゃないの？　おばあちゃんがわたしの旅の代金を払うんじゃないの？』

男は今一度辺りを見回すと、藪に向かって身を翻す。

突如、ソーニャの視線の脇に男が飛び込んでくる。男は刹那、ソーニャを食い入るように凝視する。ソーニャは視線だけの存在で実体はないのだから、相手に自分の姿が見えようはずがない。にもかかわらず、瞳の奥底まで見透かされたような気がして、ソーニャは狼狽《うろた》える。

男は鋭《と》き所作で藪深くに身を隠す。ソーニャの視線は男の後を追おうとするも、男の姿は夕闇に紛れて、あっという間にかき消される。枯れ草の擦れ合う音をたよりに追跡を試みるも、徒労に終わる。

『それにしても、あの男はだれ？　どこかで見たことがあるような……』

再び祖母をかえりみる。アリョーナばあちゃんは、封筒をおもむろに懐にしまい込む。

大きく息を吐くと、何事もなかったかのように、もと来た道をたどり家路につく。

あの男はいったい誰なのか、祖母の一連の挙動、何となく腑に落ちないまま、ソーニャの視線はアリョーナばあちゃんの後について我が家へと向かう。

残光が退き際に夜の帳を下ろしてゆき、辺りはすっかり闇夜に包まれている。満天には星が瞬き、凛と張りつめた空気がソーニャの視覚を研ぎ澄ませる。

農園へと続く悪路に、アリョーナばあちゃんはたった独りきり。夜のしじまを白い息を吐きつつ、心もとない足どりでこぢんまりとした農家へとたどっていく。

ようやく懐かしの我が家に到着する。我が家を目の当たりにするのは、何時《いつ》ぶりであろうか。母屋の窓からは仄明かりがこぼれている。

アリョーナばあちゃんは、中庭の方にまわりこみ、母屋の勝手口へと向かう。勝手口の扉を開けると、家の中から暖かい空気が漏れ出てくる。今年初めて、薪ストーブに火が入れられたようだ。昨日までは、つまり、ソーニャが故郷を旅立った日の前日までは、まだ火入れはされていなかったはず。

薪ストーブを囲む情景こそが、ソーニャにとって家族のぬくもりそのもの。ソーニャの胸に生い立ちの記憶がこみ上げてくる。

アリョーナばあちゃんは母屋へと入っていく。が、ソーニャはなぜだか一緒について中に入ろうとは思わなかった。

　ソーニャは母屋のまわりをぐるりと一巡りする。ひなびた軒端の納屋には、冬の厳寒に備え薪が積み上げられている。燃料代を抑えるために、ソーニャの家では昔から石油の足しに薪を利用してきた。

　薪を集めることは、幼い頃からのソーニャの役割。薪集めは、どんなにつらくとも、家族が寒さをしのぎ暖をとるためには代えられない大事な仕事。ソーニャはいつでも家族とこの農園とともにあり、ソーニャのすべてはここに凝集されている。

　堆く積み上げられた薪を見上げていると、ソーニャの心は満たされていく。

『みんな、暖まっているだろうか……』

　ふと、人恋しくなって、ソーニャは母屋で一番大きい出窓から中の様子を覗き見る。

　そこはダイニングルームで、今まさに夕食を囲もうと家族皆が集いつつある。テーブルにはライ麦パンと深皿が並べられている。相変わらずのつましい食卓。

『薪ストーブには、たんと薪がくべられているだろうか』

　ソーニャは壁際を覗き込む。いつもの位置に薪ストーブは鎮座している。が、火入れをするための小窓からは、炎らしきものがまったく見えない。

　ソーニャは目を疑う。視線を母屋の外に移して、母屋の外に突き出た煙突を確かめる。

煙突からは、立ち上っているはずの煙が見えない。今一度ダイニングルームの薪ストーブを凝視する。何度確かめても同じこと。やはり、薪ストーブには火入れはされていなかった。

『じゃあ、あのぬくもりはどこから……』

ソーニャは、薪ストーブの置かれている向かい側の壁に目を向ける。そこには、薪ストーブと対をなして、石油ストーブが置かれている。石油ストーブの胴筒の小窓には、仄青い炎がゆらめいている。

今まで、晩秋のこの時期に石油ストーブが使われることなどなかった。折節のしょっぱなには、まず薪ストーブから火入れをすると、ソーニャの家ではしきたりとなってきた。

だからこそ、ソーニャは、家を出る今日のこの日まで、集められる限りの薪を集めようと、毎日日の出から日没まで野山を歩き回ってきた。家族の皆が、今年も時期の初めには、薪ストーブで暖かく過ごせるようにと願って。なのに、どうして、今年に限って……。

『否、今年に限ったことではないのかも。来年も、再来年も、薪ストーブに火入れをするつもりはないのだろうか。この先ずっと石油ストーブのみが使い続けられ、薪ストーブはお払い箱になるのだろうか？』

だとすれば、もはや薪は必要ないということか。少なくとも、今年の冬に備えて軒端に蓄えておいた薪は、必要でないことは間違いない。これから先も、薪を使わないとするなら、ソーニャの仕事ももはや要らないということなのか……。

ダイニングルームでは、一足先にソーニャの父がテーブルの一番奥の席に着いている。次いで、ソーニャの兄が席に着く。兄の隣がソーニャの定席であるはずなのだが……今晩からは、椅子すらなかった。

ほどなくして、アリョーナばあちゃんがダイニングルームに入ってくる。アリョーナばあちゃんは、黙って兄の向かいの席に着く。

ソーニャの母が、ダイニングルームにキャセロールを運んでくる。今夜のメインディッシュはシチューであろうか。母はキャセロールをテーブルの中央に据えると、父の向かいの席に着く。

ソーニャのいない初めての夕食。四人がそれぞれの定席に着いたところで、家族がひとり欠けているという事実は、誰の目にも明らかとなった。にもかかわらず、誰もソーニャの話題に触れようとしない。家族の誰しもが、ソーニャがいないことなど気にも掛けていない模様。ソーニャの椅子がないことにも、違和感すら覚えていないのだろうか。

ソーニャの目と鼻の先で展開される場景は、ソーニャにとってははるか遠く別次元の世界のように感じられる。伸ばせば手の届く距離にあるというのに、この隔たりはいったい何なのか？

『わたしはここにいるのに……』

でも、ここにあるのはソーニャの視線のみ。実体をもたないソーニャは、いわば影も同然。声を発することすらままならない。

いつものように、食前に神に捧げる感謝の祈りがはじまる。家族四人がテーブルを囲み、手を組んで静かに目を閉じる。食卓に穏やかな時間が流れる。そこには、家族がひとり欠けている、という重苦しさなど微塵も感じられない。あたかも、ソーニャという事物はもとより存在しなかったかのごとく、すべては予定調和のもと、何一つ過不足はない。

感謝の祈りを終えると、母が立ち上がってシチューを給仕しはじめる。

アリョーナばあちゃんが深皿を手に取ろうとする。と、父は無言でアリョーナばあちゃんに目配せする。アリョーナばあちゃんは思い出したかのように、先ほど周旋屋の男から受け取った札束の入った封筒を、懐よりおもむろに取り出す。

父は封筒を目にするやいなや、アリョーナばあちゃんの手から目ざとくかすめ取る。そして、透かさず中身を検める。

がつがつと札片《さつびら》を勘定する父の様子を、兄は浅ましい目つきで眺めている。

不意に父が兄に向かって一瞥を投げる。兄はうそぶいて目を逸らし素知らぬ振りをする。

母はただ淡々と給仕を続けている。

父は何食わぬ顔で札束を封筒に収めると、背広の懐のポケットにしまい込む。

『わたしは売られたの？』

もはや疑いの余地はない。正視に耐えない場景が、その事実を如実に物語っていた。願わくば、目の前の出窓をたたき割って、ダイニングルームに乗り込んでいきたい。

しかし、今のソーニャはいわば影のようなもの。泣き叫ぶことすらままならない。ただ焦燥感に苛まれるばかり。

『わたしは要らないということなの……？　どうして……』

突如、言い知れぬ虚脱感がソーニャを襲う。絶望という暗黒が、煙霧のごとく現れ出でて、ソーニャの視界を覆い隠していく。

すっかり煙霧に呑み尽くされると、ソーニャは闇の深淵へと落ちていった。

暗闇の懸河の流れに翻弄され、おぼろげになりゆくソーニャの意識……。

延々と続く暗闇の奔流に、ふと、わずかに灯火のような瞬きが。それは、やがて帚星《ほうきぼし》となって、銀色の尾を引き、永遠かと思われた暗闇の時空に一縷《いちる》の光の筋を描く。

その光の目映さに、ソーニャが心奪われていると、光の筋は次第に勢いを増し、ソーニャの方に向かって突き進んでくる。その光が目前に迫ったときに、それが銀光を放つ礫《つぶて》であることがわかった。

が、それもつかの間、光の礫は、ソーニャの眉間を突き破って頭蓋へ貫入すると、脳幹でとまった。

＊　＊　＊

ソーニャはかっと目を見開く。

ソーニャの瞳に映るのは、白銀色《しろがねいろ》に輝く雪。漆黒の天穹を、渦を巻きながら舞い散る蝶のごとく、小さな雪片が、現れては消え、消えては現れする。

『これは夢の続き……？』

雪の一片《ひとひら》が、ソーニャの瞳をかすめ頬にぽつりととまる。雪は瞬く間にとけて、ソーニャの透けるような和膚《にこはだ》を濡らす。その微かな触感と冷たさが、ここが現《うつつ》であることをソーニャに自覚させる。

「何か大切なものを、思い出しかけたところだったのに……」

そう呟くと、ソーニャはそっと身を起こそうとする。

と、仮面の男がソーニャの視界に入ってくる。例の青年のマントの中で、ソーニャは青年の腕に抱かれ眠っていたのだ。

青年はソーニャの顔を覗き込んで、頬をつたうとけた雪の雫を指でそっとぬぐう。ソーニャは、仮面越しに青年の瞳を見つめていると、はっとする。

『この目！　見覚えがある！』

ソーニャは、やにわに青年の顔から仮面をはぎ取る。不意を突かれ、思わず青年は顔を背ける。

東洋系の顔立ちの横顔。それは紛れもなくあの周旋屋。ソーニャを列車に乗せた……大好きなアリョーナばあちゃんに、札束を握らせた……父に、ソーニャを金に換えさせた……。

『この憎むべき男に、触《ふ》れられているなんて……虫唾が走る！』

ソーニャは、ぐっと拳を握りしめて、仮面を握りつぶす。そのまま拳に渾身の力を込めると、青年の胸に突き立てる。

「この人でなし！」

青年は胸を突かれて、上体を大きく後ろへ仰《の》け反《ぞ》らせる。弾みで、ソーニャの肢体は青年の腕から投げ出される。ふたりは粉雪の降り積もる路上に倒れ込む。

ソーニャは透かさず体勢を立て直すと、青年に乗りかかっていく。

「あんたのような冷血漢を、死に神っていうのよ！」

ソーニャは青年の上から被さって、胸ぐらを掴みかかる。

と、青年の懐からインジェクターが一本こぼれ落ちる。青年が懐に忍ばせていた、あの例の〝マッチ〟である。三本忍ばせたうちの残りの一本。

〝マッチ〟は透明な輝きを放ちながら、粉雪の上を軽やかに弾んで、塵芥川の橋の欄干の下まで跳ねていく。

「あ！」

と、先ほどのあの忌まわしい光景が、ソーニャの脳裏にフラッシュバックする。

銀のロケットが、ソーニャの目の前をかすめて欄干をくぐり抜けてゆく。そして、白濁色の靄《もや》で覆われた、青緑の腐爛泡がわき出る川面という奈落へと落ちていった。

〝マッチ〟が弾む軌道に、銀のロケットのそれが重なり、スローモーションで再生される。

ソーニャは、咄嗟に欄干の下へと滑り込み、今にも塵芥川の深淵に吸い込まれそうな〝マッチ〟に飛びついていく。〝マッチ〟が橋の縁から落っこちる既《すんで》の所で、ソーニャは両手のひらをすぼめ、最後の一本をすくいとる。

『何か大切なものって……これ？』

最後の〝マッチ〟を両手のひらで胸に当てると、ソーニャはすっくと立ち上がる。

「夢の続きを、見なければ……」

そう言って、ソーニャは背後をかえりみる。青年は跪《ひざまず》いてソーニャの足下に控えている。

ソーニャは大きく目を見開いて、青年を見据える。そして、一気に息を呑み込むと、〝マッチ〟を擦って、自らの首筋に突き立てた。

刹那、ソーニャの瞳孔が開く。

「はあ……」

ソーニャは天を仰ぐと、吐息とともに崩れ込んだ。

「自ら進んで、自らにとどめを刺すとは……」

崩れ落ちたソーニャの肢体を眺めながら、青年はわずかにほくそ笑む。ソーニャの身体には、微かに痙攣がはじまっていた。

＊　＊　＊

『……？』

渺茫《びょうぼう》たる闇。

白銀色《しろがねいろ》に輝く小雪と思しき残片が、現れては消え、消えては現れし、ソーニャのまわりで渦巻き、舞い散る。

『ここは？　まだ現《うつつ》なの……？』

ソーニャは目を凝らして辺りを見回す。ソーニャを取り巻いているのは、雪片ではなく、小さな銀の雫ではないか。

知らぬ間にソーニャは再び暗闇の深淵へと陥り、暗黒の懸河を銀の雫を伴い駆け下っていた。

夢と現《うつつ》とが交錯し、ソーニャは今自分が眠っているのか醒めているのかすら、自覚できなくなっている。夢と現《うつつ》を行き交ううちに、いつしか双方の端境が曖昧になってきてしまったのだろうか。

『〝マッチ〟のせい？　それとも、あの男が眩惑しているから？』

ひょっとすると、これまで見ていた一連の夢もまた、ソーニャが勝手に夢だと思い込んでいるだけで、すべて現実の出来事だったのではなかろうか⁉

『まさか、そんなことがあるはずは……。それはそうと』

さっきから、ソーニャにまとわりついてくる銀の雫。先程来の夢では見かけなかったものなのだが、出処《でどこ》はいったいどこなのだろうか。懸河の流れに身をゆだねつつ、ソーニャは銀の雫の源を目でたどる。

すると、さっきの夢の最後で、ソーニャの脳天を直撃した銀光を放つ礫が、銀の雫を放ちながらソーニャの後からついてくるではないか。

ソーニャは、銀光の礫の方をかえりみる。礫はソーニャの目の前でぴたりと止まる。すると、懸河の流れもにわかに止まり、銀の雫がソーニャの周囲で淀みだす。雫は光の渦となって、ソーニャを目映い銀光で包み込む。

ソーニャは目を細め、光の礫に両手を伸ばす。ソーニャは手のひらをすぼめ、そっと両手の中に礫を収める。と、光が手のひらに封じ込められ、辺りはにわかに暗くなる。

ただ、銀の雫がわずかに残り火のごとく、漆黒の闇を漂う。

そして、ソーニャはその礫の正体を悟った。

『何か大切なものって、これだったの……』

それは錫のロケットだった。

ソーニャの手の中に閉じ込められた銀光が、手のひらの血潮をけざやかに透かし出し、仄赤い灯明《とうみょう》と化す。

朧《おぼろ》な真紅の光に導かれるままに、ソーニャはまぶたを閉じる。すると、眼球の奥深くの網膜で記憶の回り灯籠が巡りだす。

目眩く思い出の洪水の中に身をゆだね追懐に浸っていると、ふと、錫のロケットがソーニャの視界をかすめる。刹那、脳裏で思い出とロケットがオーバーラップする。

銀の光沢を放ち、鮮やかに浮かび上がるロケット。時を奏でる掛け時計の振り子のごとく、ゆっくりと規則正しく左右に振れる。

列車に乗って故郷の地を旅立った日、別れ際にアリョーナばあちゃんがソーニャに託してくれた、そのロケット。片時もその身から離さず大切にしていた、そのロケット。いつの日にか家族の元へ帰れると信じ、操を誓った、そのロケット。

思い出すのも憚られる、ロケットを失った最後の瞬間。宙を舞い、永遠の闇に消えゆく銀の輝き。永遠に失われてしまった家族の徴《しるし》。

『ロケットのせいで、人まで殺《あや》めてしまったというのに……家族の徴《しるし》だなんて』

そんなのソーニャの勝手な独《ひと》り極《ぎ》め、ただの幻想にすぎなかった。一家にとってソーニャなど、故郷を後にするやいなや、もはや家族の範疇からは外れてしまった存在だったのだから。

記憶の回り灯籠は、からくりの発条《ぜんまい》がゆるみだしたかのごとく、見る見る回転が鈍ってくる。ついに止まったかと思うと、突如、灯籠の明かりが落ちて、辺りはにわかに真っ暗になる。

再び訪れた暗黒の深淵にあって、ソーニャがたどり着いた先は、そこはかとない絶望という心底であった。そこで得たのは茫洋たる孤独。

死んだような静寂の中を、ソーニャはしばし佇んでいた。

『わたしは何の為に生きていたの？』

不意に、心底の真下で、怨念と思しき得体のしれない烈しい感情が覚醒するのを、ソーニャは自覚する。ソーニャの声なき慟哭に触発され、怨念は魔物へと具現する。そしてそれは、マグマのごとく瞬く間に滾りたつ。

魔物《きゃつ》にはわかっていた。ソーニャの中にも禁断の怨恨が在ることを。

仮にもその怨恨を晴らそうと望もうものなら、それは正《まさ》しく人の道に外れた悪魔の仕業。それどころか、そのような怨恨が微塵でもソーニャの中に存在していると知っただけでも、ソーニャにとっては耐え難い屈辱であるのに。

そんなソーニャの純真無垢な魂は、今まさに魔物に取って代わられようとしている。

魔物に正気を乗っ取られまいと、理性でもってソーニャは必死に自制しようとする。が、ソーニャの意思とは裏腹に、魔物はソーニャを足下から突き崩そうと、心底を突き上げてくる。

心底の表層に亀裂が走る。もはやこらえきれない。理性の箍《たが》はもろくも朽ちて、魔物は心底を突き破って飛び出してくる。

彼奴《きゃつ》は容赦なくソーニャの精魂もろとも飲み尽くすと、瞋恚《しんい》の炎《ほむら》と化して、絶望の淵から噴き上がる。

こうなっては魔物の牙城である。彼奴《きゃつ》にとって、ソーニャの怒りの矛先を見透かすことなど容易《たやす》いこと。彼奴《きゃつ》は、有無を言わさずソーニャをある場面へと巻き戻していく。ソーニャに恨みを晴らさせるために。

＊　＊　＊

ソーニャがはたと気づく。と、目の前では見覚えのある光景が再現されている。ソーニャは、ダイニングルームの出窓の外に帰着していた。

ソーニャは、さっきと同じ位置、同じ体勢で、出窓からダイニングルームの中の様子を覗き見ている。

ソーニャが存在したという痕跡が、完全にかき消された食卓。父、母、兄、アリョーナばあちゃんと役者が揃い、夕食という名の茶番劇の幕が上がろうとしている。石油ストーブには青い炎が仄めき、空々しく家族団らんを演出している。

『それがどうしたというの……』

今のソーニャは、どんなに苛烈な有様を目の当たりにしようとも、悲観や絶望へ寸分たりとも引きずり込まれることはない。

怒りというひとつの感情を除いては、ソーニャを占有するものはない。怒りという名の鋼の盾は、他のあらゆる情感をはねつけ、入り込む余地を与えない。

『目の前の出窓をたたき壊して、すぐさま乗り込んでいけるのなら……』

何を躊躇《ためら》うことがあろうか。魔物に明け渡されたソーニャの魂魄は、もはやソーニャであってソーニャではない。人の殻をかぶった〝人でなし〟。腹の底から突き上げるリビドーがソーニャを駆り立てる。

『そうだ、すべて燃えてしまえば！』

邪悪が閃光となって、ソーニャの脳天を劈《つんざ》く。魔物は、けたたましく鬨《とき》の声を上げると、瞋恚《しんい》の炎《ほむら》を吐き出す。

突如、ソーニャが見つめる出窓の向こうで、薪ストーブが唸りを発したかと思うと、瞬く間に灼熱の火の玉となって燃え上がる。真っ赤に膨張した薪ストーブは、轟きとともに爆裂し、食卓に火炎がたばしる。

ダイニングルームは、すべてを焼き尽くす正《まさ》しく地獄の溶鉱炉と化した。慌てふためく暇《いとま》さえなく、ソーニャの父、母、兄、アリョーナばあちゃんは、食卓に釘付けとなったまま、真っ黒焦げの木偶《でく》となり果てた。やがて、それら木偶もまた、炎になめ尽くされ、跡形もなく朽ちていった。

瞋恚を吐き尽くし、がらんどうになったソーニャ。虚ろな眼《まなこ》に映るのは、ただ火炎の揺らめきだけ。

ソーニャの精魂を喰らい尽くし、浮かれ狂喜乱舞する魔物。勝ち誇った彼奴《きゃつ》は、ますます図に乗り、意気盛んに火炎を放射しまくる。

窓ガラス一枚隔てて、火の手はソーニャのすぐそばまで迫っていた。にもかかわらず、どこか異次元世界の出来事のようで、ソーニャにはまるで実感がわかない。

空っぽのソーニャ。眼《まなこ》からつと一縷の涙が頬をつたう。涙で潤んでいるせいか、窓ガラスが歪《ひず》んで見える。

窓ガラスは、ソーニャの瞳の中でさらにいびつに変形する。目の前の場景に罅《ひび》が入り、裂けはじめる。

否、それはソーニャの瞳の中だけで起こっている事態ではなかった。火の手の勢いに耐えかねて、実物の窓ガラスも反りに反り返り、亀裂が走りはじめていたのだ。

次の瞬間、脳幹を甲走る家鳴りとともに、窓ガラスは千々に砕け散った。粉みじんに吹き飛んだ無数のガラスの破片が、炎の飛沫《しぶき》となってソーニャ目がけて浴びせられる。それらは容赦なくその白い和膚《にこはだ》を切り裂き、肉塊に突き刺さった。

＊　＊　＊

十二月の晦、旧市街《ソドム》の夜はひっそり閑と更けていく。

静まりかえる街角。不規則に点滅をくり返す街灯が、コンクリートがむき出しのビルの外壁に不気味な影をおとす。降り止まぬ雪が、鈍色の旧市街《ソドム》をしんしんと白銀に染め上げていく。

間もなく時刻は、新年明けの深夜零時を迎えようとしている。言うまでもないが、この街では、新年を祝おうと通りに繰りだす輩など、ひとりもいるはずもない。

と、そこへ、静寂を引き裂く少女の悲鳴が。金切り声は塵芥川の橋の上をたばしり、河岸のそこかしこを震え上がらせる。

両拳でこめかみを押さえ、ぎりぎりと歯ぎしりするソーニャ。野獣の本能をむき出しに、声を荒らげ吠えたけり、髪を振り乱して苦しみもだえる。

最後に擦った〝マッチ〟が粗悪品だったのだ。通称『当たりくじ』と呼ばれる粗悪品のインジェクターである。そう、ソーニャは正《まさ》しく『当たりくじ』を引き当てたのだ。

青年にはわかっていた。最後のインジェクターが『当たりくじ』であったことも。これからソーニャの身体に起こる苦痛のすべてをも。

目、鼻、口、耳、ソーニャの顔の、あらゆる穴から血が垂れ流される。手で顔を覆ったところで、手のひらがぐっしょりと血みどろになるばかりで、出血部をふさごうにも間に合わない。

たちまちのうちに身体中の血管が浮き出て、全身から血が噴き出す。ソーニャはただ正体もなく、生血と醜態をまき散らす。

ついに、魔物が本性をあらわにする時がきたのだ。

「どうしようもないんだ。一度は死の苦しみをくぐり抜けなければ、僕と同じ、死に神にはなれない……」

青年はソーニャから目を背ける。

ソーニャは、覚束ない足下で、血まみれの手で空を掴み、青年の方へとよろめきながら近寄ってくる。ソーニャが蹴躓《けつまず》きそうになるやにわに、青年はソーニャの腕を抱き留める。たおやかな腕の感触に、青年は思わず知らずソーニャの肢体をその胸に抱きしめていた。

「そうじゃない、そうじゃないの……身体の痛みなんて、苦しくなんかない。本当に苦しいのは……」

ソーニャは、青年の胸でぽつりと呟く。

「真実なんて知りたくなかった……。嘘でもいい、偽りでもいい……信じていたかった。帰る場所があると」

ソーニャは瞳を閉じたまま、青年の胸から顔を上げる。ソーニャの白い和膚《にこはだ》は血の色に滲み、閉じられたまぶたはみるみる涙で膨らんでいく。青年が指でやさしく目頭をぬぐうと、目尻から紅涙がこぼれ落ちる。

青年はズボンのポケットをまさぐる。先ほど老婆殺しの男を安楽死させようとしたが、あえて使うのをやめにした、あのナイフ。

『あの輩はもだえ苦しみ息絶えるにまかせて、見殺しにしてやったが……』

今夜は十二月の晦。とはいえ、ここは神すら憚る旧市街《ソドム》。神の恩寵など届く由もないことは、既に証明済み。さっきの男の果てるまでの断末魔の苦しみを、悉《ことごと》く目撃した青年にとって、この先ソーニャの肉体が果てるまでに起こる顛末は見るに忍びない。

青年は、ついにナイフの出番が来たことを覚悟し、再びナイフを握りしめる。

『すまない……すぐに楽になるから』

青年は、ポケットの中でナイフの刃を開き、握り直す。そのまま、ナイフを引き抜き振りかざすと、ソーニャのみぞおち目がけて振り下ろそうと構えた。

と、その瞬間、青年は臀部に刺すような痛みを覚えた。青年が痛みの方を振り返ると、ソーニャの手からインジェクターの破片がはらはらとこぼれるのが見えた。

「……!?」

ズボンの布地越しに、十数本もの〝マッチ〟が尻に突き刺さっているではないか。ソーニャも、他の娼婦たちのご多分に漏れず、〝マッチ〟をたんと持たされている。ソーニャは、ポシェットにいっぱい詰め込まれた〝マッチ〟をありったけ擦って、青年のケツに突き立てたのだ。

『しまった……』

どうやら青年もまた『当たりくじ』のインジェクターを引き当ててしまったようだ。これだけの本数の〝マッチ〟が刺さったのだから、『当たりくじ』の一つや二つあってもおかしくはない。

とはいえ、青年は死に神、一度死に果てた命。まさか二度は死ぬまい。

青年は高をくくっていた。が、希望的観測とは裏腹に、青年の身体は著しく深刻な事態に見舞われつつあった。

『なぜ？　どうなっているんだ？』

血液が突沸し、膏肓《こうこう》が灼けるがごとくかっかしてくる。体表のそこここが裂けて、燃え滾る血流が今にも皮膚を突き破らんとして、自律制御できない。

青年はこれまでの自身の思考過程を反芻してみる。

青年は確信していた。旧市街《ソドム》には自分の他には神はいないと。死に神にとって打って付けの草刈り場だなどと、脳天気にもほくそ笑んでいたものだった。

なぜ旧市街《ここ》には青年以外に神が存在しないのか、なぜ旧市街《ここ》が死に神の死角になっているのか、今になってようやくその真の理由を知るに至った。そして、それが文字通り致命的な思い違いであったことを、青年は身を以て思い知るのだった。

『そう言えばあの時……』

塵芥川の川縁に沿って歩いていた時のこと、旧市街《ソドム》の中心街へと踏み込んだ瞬間、携帯

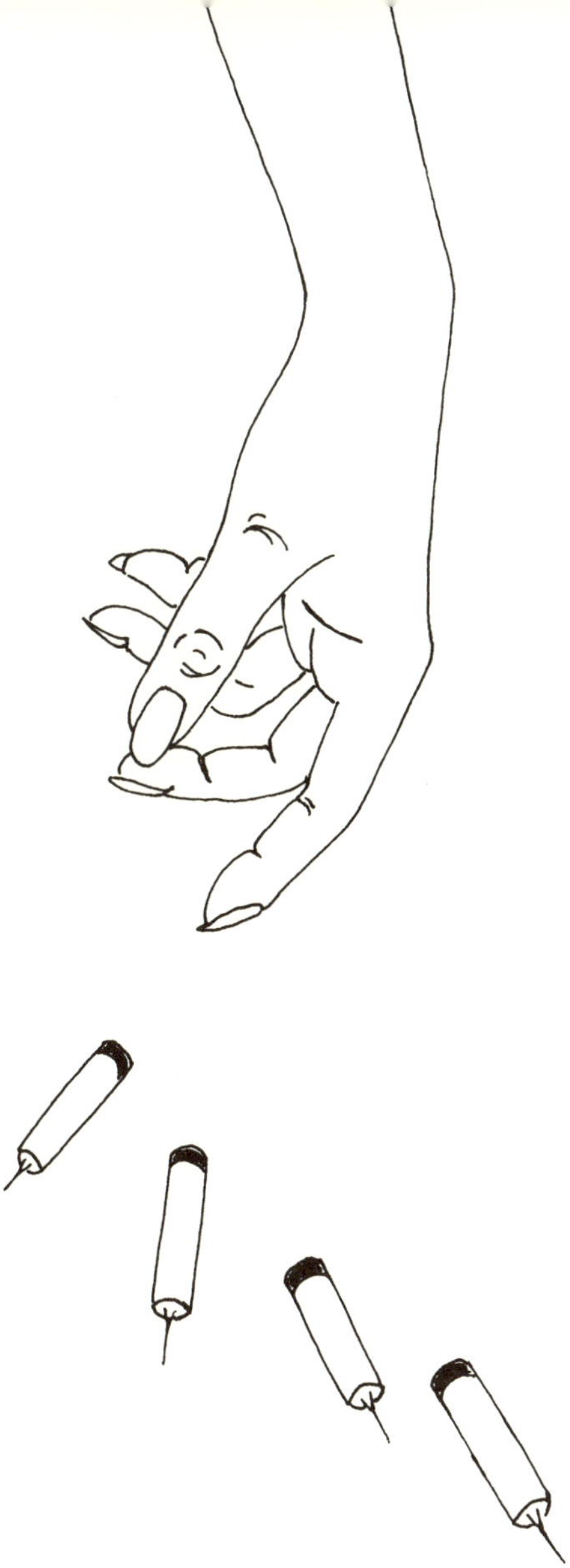

用無線通信端末の画面に警告が表示された。途端、死に神シンジケートが通信不能に陥ったことを、青年は思い返した。

『あれは正《まさ》しく警告だったのか……』

旧市街《こ こ》では、強者が弱者を凌駕する。死に神とて例外ではない。自分より強い者から致命傷を負わされれば死に至る。

『あの時察知した強烈なオーラは……』

言うまでもなく、青年より強い死に神、正確には死に神の賦質《ふしつ》を見込まれた奴がいたという証。そいつは今まさに青年の腕の中にいる。

青年は構えていたナイフを取り落とす。ナイフはうっすらと雪の降り積もる地面にぶつかり、軽く金属音を響かせる。

『やられたな……』

薬理作用による昂揚と、離脱症状に伴う振戦。本来併発するはずのない二つの症候が、青年の身体内を目まぐるしく交錯する。恍惚と極寒地獄が相見え、総身に劇痛がたばしり、痙攣がとまらない。ついには、血潮が血管を突き破り、表皮のそこかしこがはち切れたかと思うと、生血が噴き出し血煙を上げる。

青年の息の根も、青年の手中に落ちたはずの少女と同様、もはや風前の灯火。ふたりは、互いの肢体を絡ませ、血飛沫《しぶき》を吹き付け合って、互いに互いを穢し合う。失われゆく知覚の中で、青年はソーニャを求め、最期の死力を振り絞る。ソーニャはただ、快絶の微笑みを湛え、青年の求めに呼応しようとはしない。うっすらと開かれた瞳は紅涙で潤み、青年を眩惑する。やがて、涙は滴となって頬をこぼれ落ちる。ソーニャもまた、落涙とともに堕ちてゆこうとしていた。

青年は、遠退く意識に抗って、ソーニャをその手から離さぬよう、死に物狂いで足掻く。身体を密着させようと、ソーニャの腰元を手繰り寄せるものの、ソーニャの脊《せ》はたわんで、手ごたえ無く仰《の》け反《ぞ》っていくばかり。青年が躍起になればなるほど、ソーニャの上体は泥人形みたく蕩《とろ》けて青年の腕からすり抜けていく。そして、逆さになって鉛直に引っ張られていく。

青年はついに抗うのをやめ、ソーニャに随うまま零落していった。悦楽の、そのまた先へ……。

新市街の中心街から、新年を告げる寺院の鐘の音が旧市街《ソドム》にもあまねく鳴り渡る。ふたりは血みどろに縺れ合って、地面に崩れ落ちる。一塊《ひとかたまり》となった肉塊から、血が滲み出て、路上に浸みてゆき、降り積もる雪を紅く染める。

鐘声の残響が、せせら笑いのごとく、旧市街《ソドム》の曇天の暗黒を延々と漂い続ける。

＊　＊　＊

旧市街《ソドム》とて明けない夜はない。

昨夜から続いていた雪は、今朝になってようやく降り止んだ。一夜明けた塵芥川のほとりは、うっすら降り積もった雪で吹きだまりと化している。川面は相変わらず、腐った血肉の臭いと白濁色の靄《もや》で覆われている。

塵芥川に架かる橋。その欄干の下、雪と血糊とが渾然となった肉叢《ししむら》が、白日の下にさらされていた。

ひとりの若い女が肉叢《ししむら》に近づいてくる。

女は欄干に手を掛けると、緋色のピンヒールで肉叢《ししむら》に付着した雪を穿《ほじく》り返す。すると、男とも女ともつかぬ残骸が二体露わになる。

身体内の体液という体液が出尽くして、木乃伊《ミイラ》みたく萎れた抜け殻を、女はぞんざいに脚で以て押し出し、欄干の下をくぐらせると、何の造作もなく塵芥川目がけて蹴り入れた。

女は欄干にもたれかかり、死骸が川床へと沈んでいく模様を見下ろしていた。その様には、躊躇いや悪びれる素振りなど微塵もない。

骸《むくろ》は川床へと吸い込まれていき、あっという間に消えてなくなった。後には渦が巻いていたが、しばらくすると川面は静穏を取り戻し、青緑がかった腐爛泡が再びふつふつわきあがりはじめた。

女がその場を立ち去ろうとすると、橋のたもとに、青年と思しき漆黒のマントを身にまとった男が控えている。男は跪《ひざまず》き頭《こうべ》を下げる。

女は、青年のもとへつかつかと歩み寄ると下目に掛ける。青年は恭しく女を見上げる。抜けるような白い和膚《にこはだ》、燃えるような紅い唇。深紅色《クリムゾン》のドレス。そこにいるは、ソーニャとうりふたつでありながら、ソーニャとは似ても似つかぬさもしく狡《こす》い女《ずべた》。身体《ソーニャ》を乗っ取り、宿主の精魂をうち枯らし、人の殻を食い破って外界に飛び出してきた魔物。人の形《なり》をした〝人でなし〟、否、人の殻を脱ぎ捨てた本物の〝人でなし〟と言うべきか。

ソーニャは青年に命じる。

「わたしたちには、お金が必要よ」

青年は、韋駄天走りで街角へ駆け出ると、路上のごろつきどもからなけなしの金を巻き上げ、ソーニャのもとへはせ参じる。

青年が金を差し出すものの、

「これっぽっち？」

ソーニャは素気なく言い捨てる。

もはや、ソーニャを苛むものは何もない。寒さに凍えることも、空腹に苦しむこともない。罪を自覚しながらも生きるために業を重ねざるを得ない境遇に、不条理を感じることもない。むしろ、その咎《とが》が深刻で凄惨であればあるほど快感すら覚える。

ソーニャは差し出された金を引っ掴むと、ドレスの懐にしまう。

元より、身も心も卑賤なる者は、肉体や精神的苦痛、貧苦、社会悪、この世のあらゆる束縛から解き放たれるやいなや、飢えた犬宜しく、理性を食い潰し、そこいら中に無秩序という汚泥を撒き散らす。

自由と手前勝手とを履き違え、己の欲するためだけにやりたい放題し、欲望が一つ叶えば、更に次へとエスカレートさせてゆく。これまで散々抑圧され虐げられてきたことを盾に、それにあまりあるほどの横暴の限りを尽くそうとも、あたかも当然の権利であるかのごとく居直る。

詰まるところ、目先の充足に安住してしまい、己の惨めさを抱え込んだまま、未来永劫卑賤なままで居続けるしかないのだ。

そんな死に神へ、否、死に神よりももっと質のわるい魔物へと、ソーニャはなり果てた。

「僕らは向かうところ敵なしだ。旧市街《ソドム》を牛耳って支配者《ドン》にだってなれる」

ソーニャは鼻先で笑い飛ばす。

「せこい男。だからいつまでたっても名無しなのよ」

事実、ソーニャはソーニャであって他の何者でもない。一方、青年は青年であってやはり名はなかった。

「車がほしいわ」

青年はソーニャを手引きして、河岸の新市街へと塵芥川に架かる橋を渡りきる。

＊　＊　＊

新市街。そこは一面銀世界だった。

旧市街《ソドム》とは比較にならないほど、美しく整備の行き届いた幹線道路。年明けの朔日《ついたち》とあって、往来する車両はなかったのであろう。新雪に轍《わだち》はなかった。

ふたりが手ぐすね引いて路肩で待ち構えていると、あつらえ向きの黒いセダンが、こちらへ走り来るではないか。

青年はマントを翻し、道路の新雪に足を踏み入れると、センターラインの上に立ちはだかる。

突如出現した人影に、セダンは急ブレーキを掛ける。青年に衝突する既《すんで》のところでセダンは停車する。

運転席からドライバーの男が面食らって飛び出してくる。青年はすかさず男の背後に回り込むと、後頭部に強烈な一撃を打《ぶ》ち噛ます。男は、有無を言う間もなく、木偶の坊のごとく路肩に転がされた。

ソーニャは、伸《の》された男の肢体をまたいでセダンに近づく。

「紅い車が良かったのに……」

青年は、不機嫌顔のソーニャの手を取り、なだめすかして助手席へと乗り込ませる。そうして、自分は運転席に乗り込むと、アクセルを踏み込む。

足早に走り去る黒いセダンの影。

「どこに行く?」

青年は自動車誘導装置のスイッチに手を伸ばす。

「あれよ、わたしが目指すのは」

ソーニャは、フロントガラスのずっと向こうを見据える。

「旧市街《ソドム》なんてつまんない。あれを取るの」

ソーニャは、新市街でもひときわ高くそびえ立つ白金《プラチナ》に輝く摩天楼のてっぺんを、まっすぐ指さす。

もうすでに自分が死んでしまっていることにも気づかず、死に神となってなお、同じ罪を犯し続ける業の深さ。それが〝人でなし〟の性《さが》というものか。

ソーニャはダッシュボードを開けて、何やら物色しはじめる。

「そろそろ、あんたにも名前がいるね」

死に神稼業では、名を名乗るには、自分より強い者に名前を戴くより他ない。青年にもようやくそのチャンスが訪れたのだ。

携帯用無線通信端末を取り出し、ソーニャはふと呟く。

「セルラーなんて、どう?」

手にした物そのままの名前を命名しようだなんて、何と軽薄短小な……。自らの存在の軽さを嘆くより他ない青年であった。

エディプスとアンティゴネ

風のいたずらに揺れる木に、遮二無二よじ登ったところで、
頂辺まで登り詰めたら、途端に地面目がけて真っ逆さま。
神の御託宣に逆らったところで、世間の不興を買うばかり。
すべてがよりよい方向に運んでいるように見えても、
実は時の淘汰に耐えたものだけが本物。
本当のところは到底わかりっこないけれど、たぶんおそらく
人の一生は、収支辻褄が合うようになっている。
懐に残ったなけなしの小銭は、とっておき。
幼い頃の色褪《いろあ》せた写真は、とっておき。
時に人生は紆余曲折、場合によっては進退これ谷《きわ》まる。
でも、巡り巡ってまた振り出し。

けたたましい爆音が、またしても、男の頭上をかすめる。が、かすめたかと思いきや、霧が晴れるかのごとく、何ら余韻すら残さず、超音速で何処《いずこ》へともなく消え去ってしまう。

先程来、こんな具合に男は爆音にひっきりなしにうなされている。轟音地獄の中を、ひたすらもがき苦しみ彷徨い続けているのだ。

すると、暗闇の奥から、仄かに紅《あか》みが差してくる。男の視界に、じんわりと赤の色素が染みわたり、やがて、目の前が真っ赤な鮮血に染めあがる。あまりに毒々しい血の色にたまりかねて、ついに男は悪夢から目を覚ます。

まぶたを開けると、先ほどまでの赤とは打って変わって、果てしなく天へと突き抜ける青。そう、男の目の前に広がっているのは、空、空、空。ただひたすら蒼茫たる空のみ。

男は仰向けの格好で四肢を投げだし、地べたに打《ぶ》っ倒れていたのだ。

男はおもむろに上体を起こす。と、そこには、草っぱらとも砂礫ヶ原ともつかぬ、ただ荒涼たる平地が広がっていた。

男は両脚を地面に投げ出して、途方に暮れるばかり。太陽はとっくに南中を過ぎており、西へと傾こうとしていた。

どれくらいの時間、こんなだだっ広い荒れ野におっぽり出されていたのであろうか。男の身体は、どこもかしこもギスギス痛む。頭はガンガン響く。頬も額も鼻っ面も、顔面の皮膚という皮膚が火照ってピリピリ引き攣れる。容赦なく照りつける日差しに相当長い間さらされていたことは、想像に難くない。

一体全体、男の身に何が起きたのか？　ここは何処なのか？　何故《なにゆえ》に、こんな広野のはずれに、男は長時間置き去りにされていたのか？　それよりも何よりも、男にとって最も肝心要のことが思い出せない。

「僕は、何者？」

名前といい身分といい、自分といえる何事がまったくもって思い出されない。男の脳裏をにわかに不安が席巻する。男は言い知れぬ孤独と恐怖におののく。

男はうなだれ、両手で髪をかきむしる。まさか、本当にいかれてしまったわけではあるまい。太陽の熱にやられたせいで、近時記憶をインプット、アウトプットする脳の海馬の一部分が、一時的に不具合を来しているに過ぎない。何も焦ることはない、じきに正常な状態に戻れるのだから。男は自身に言って聞かせる。

「落ち着け、落ち着け……」

男の恐怖を煽るかのごとく、またしても頭上から鼓膜を劈《つんざ》く爆音が轟く。男は咄嗟に宙を仰ぐ。

男の胸の内に垂れ込める暗雲が具現されたのか、巨大な影が怪鳥となって、男の背後から覆い被さる。男は這いつくばるような格好で、両腕で頭部を抱え込むと、地べたに伏せった。

一瞬の雷《いかずち》が男の脳天目がけて振り下ろされ、男はその身を真っ二つに引き裂かれるのか、と思いきや、巨大な影は男の頭上をかすめただけで、すさまじい爆音とともに遠ざかっていく。

男は首をもたげる。超音速ジャンボジェット機が上空遙か彼方へと飛び去っていく機影を、男は目撃した。

男は恐る恐る立ち上がる。周囲を見渡すと、男が倒れていた平地より向こうに滑走路が見える。旅客機や貨物機など航空機が頻繁に離発着している。男がいる場所はどうやら空港付近の緩衝帯らしい。

ふと、男はシャツの胸ポケットをまさぐる。そこには、しわくちゃになった国外行きの片道航空チケットが一枚忍ばされてあった。チケットの裏を返すと、赤黒いシミがべっとりとこびりついている。目を凝らしてみる。と、それは古血の塊のようである。

そう言えば、先ほどから、男の身体からは鉄の錆びついたような臭いと臓物が腐ったような臭いとが、渾然一体となって漂ってくる。臭いの元凶をたどろうと、自分の着衣を眺め回す。

男は黒みがかったシャツとズボンを身に着けていた。それにしても、随分染めムラのある衣服だな、と思っていた。が、それは本当は古血に染まったものだということに、男は気づく。

「これは、僕の血なのか!?」

だとすれば、とても命があるとは思えないほどの開放性損傷が、体表のどこかにあるにちがいない。男はぎょっとして身体中をなで回す。さして致命的な出血をともなうような外傷を負った形跡は、どこにも見あたらない。

男はほっと胸をなで下ろす。が、それもつかの間。次の瞬間、男は背筋が凍りつくほどの戦慄を覚える。

「だとすれば、誰の……?」

まさか、男は知らぬ間に人殺しでもやらかしたのではあるまいか。無残に屠《ほふ》られた斬殺死体が草むらの中や石ころにまみれて転がってやしないかと、男は這いつくばるようにして、辺りをくまなく見て回る。

と、砂埃にまみれたずだ袋が放置されているのを男は発見する。ひょっとして、頭部やら片腕、片足やら、バラバラの遺骸が詰められているのではあるまいか。男は、震える手で袋の中身を検める。

男ははっと息を呑む。

「な……？」

中には、くしゃくしゃの百ドル紙幣の束がぎっちぎちに詰め込まれてあった。

予想外の展開に却って拍子抜けして、男はその場にへなへなとへたり込んでしまう。

「とにかく、人殺しではないようだ。今のところは……」

目覚めてからこれまでの状況を把握しようと、置かれている現状を、男は一つ一つ指折り確認する。

先ず、ここは空港近くの緩衝帯らしき地所。男が着用しているのは血まみれのシャツ。誰の血液かは不明。シャツの胸ポケットには、海外行きの航空チケット。足下には、ずだ袋に詰められた紙幣の塊。この分だとおそらく数十万ドルはくだらない。

「金は全部僕のものなのだろうか？」

はたして男は、この現金《げんなま》を手に海外に発とうとしていたところ、途中退っ引きならない事態に巻き込まれた、とでもいうのだろうか。さもなくば、こんな無様な体裁で、ひとり荒れ野に捨て置かれていたりするはずもあるまい。

強盗であろうか。はたまた誘拐か。この金は身代金なのか。いずれにせよ、金を置き去りにするとは、いくら何でも手際が悪すぎる。その点からも、やはり事件性はない、と考えてしかるべきではなかろうか。

「おそらくは、交通事故であろう」

男にはそれ以外に見当がつかない。だとすれば、近くに事故車か何かが放置されているにちがいない。先ほどから辺りを見回しているが、それらしき事故の痕跡は見あたらない。

何かの拍子に、男はこのずだ袋もろとも車外へと放り出され、車はそのまま走り去ったのか。シャツについた血は同乗者のものであろうか。

「いや、それはありえない……」

同乗者がいたとしても、これほどの出血をともなう重傷を負っていては、車の運転などままならないはず。仮に運転手は別にいたとして、重傷の同乗者はいったいどうなったのか？

何もかもが辻褄が合わない。男はまたしても頭を抱え込む。

と、男ははたと思いつく。

「そうだ、出国しようとしていたなら、パスポートを所持しているはず……」

男はずだ袋の中を引っかき回す。

「あった！」

正真正銘のパスポート。どうやら偽造ではないらしい。

表紙を開くと写真が貼ってある。

「これが僕の顔……」

男は自身の顔と比べるかのごとく、写真を撫でまわす。

「名前は……」

男は姓名の欄を指でなぞる。

「エディプス」

＊　＊　＊

国外行きの航空チケットを今一度確かめる。行き先はアテナイ。おそらくは今日の最終便である。エディプスはひとまず空港を目指すことにする。

「本当に今日の日付で合っているのだろうか……」

いささか疑問ではあるが、当面与えられた状況に従っていくより他に先に進みようがない。エディプスはずだ袋を肩から背負うと、空港連絡自動車道へ出ようと歩き出した。

一、二キロ歩いたであろうか、エディプスはようやく空港へと続く幹線道路にたどり着いた。とはいえ、ここは自動車専用道路。徒歩で空港へ向かうなどという不届き者は、エディプスの他にいるはずもない。もとより空港行きのリムジンバスのバス停があろうはずもない。

ヒッチハイクでもしようか。そもそも歩行者のいるはずのない車道で、そんな所業に及ぼうものなら不審きわまりない。停まってくれる車があるどころか、ハイウェイパトロールに通報されかねない。

表示板を見上げると、空港ターミナルまで三キロと掲げられている。歩いてたどり着けないほどの距離ではない。徒歩でいくことにしよう。エディプスは、走行中の車からできるだけ目立たないよう、車道のきわをたどってとぼとぼと歩き始めた。

＊　＊　＊

小一時間ほど歩いて、ようやくエディプスは空港の旅客ターミナルビルのエントランスにたどり着いた。

どうしたものかとターミナルビルを振り仰ぐエディプス。とはいえ、ここでこうして突っ立っていても一向に埒があかない。ともかく、エディプスはエントランスへと入っていくことにする。

上りのエスカレーターに乗り、国際線出発フロアへと向かうエディプス。対向する下りのエスカレーターの乗客からは、奇異の目が注がれる。

なぜすれ違う人が皆、自分をじろじろ眺め回すのか。エディプスは、エスカレーターを仕切るガラスの隔壁をふと振り返る。手すり越しに映る我が姿に、エディプスはいささかショックの色を隠せなかった。

どす黒く古血で汚れた着衣を身に着け、ずだ袋を抱えた、よれよれにくたびれた男がそここにいた。昼日中太陽の下にさらされていたせいで、日やけがひどく赤ら顔に変わり果てている。唇は乾ききって皹《ひび》割れ、薄皮が白くささくれている。双眸だけが爛々とこちらを見返していた。

あまりに惨めでみすぼらしい有様を目の当たりにし、エディプスは思わず目を背ける。その上、何にもまして臭いがひどい。自覚している以上に、周辺にはおそらくもっと臭っているにちがいない。悪臭とともに、羞恥の念までもが辺りに漂い出ているようで、エディプスはいたたまれなかった。早く目的の階に着かないかと願う。

長いエスカレーターは、ようやく国際線出発フロアに到着する。

エディプスは、胸ポケットから航空チケットを取り出し、出発便を案内する電光掲示板を見上げる。アテナイ行き本日最終便の案内表示が掲示板に上がってくる。エディプスは手元のチケットと照らし合わせる。

エディプスが睨んだとおり、エディプスは今日の最終便で出国する手筈になっていたのだ。ここまで来れば事の次第に従うより他ない。即ち、その便に搭乗するまでのこと。と、その前に、気がかりなのはこの身なり。どうにか体裁を整えたい。エディプスは時計を確認する。どうやらそんな暇《いとま》は寸分もないようだ。たった今、チェックインタイムリミットを切ろうとしている。エディプスは直ちに搭乗手続きへと向かう。

保安検査場の列に並ぶエディプス。セキュリティーチェックに引っかかるのではと、内心びくびくしていた。最も懸念されていた例の現金がぎっしり詰まったずだ袋の手荷物検査、ひどい悪臭を放ちながらのボディーチェック、双方とも無事済んだ。思いの外、何事もなくあっさりと通過することができ、エディプスはほっと胸をなで下ろした。ずだ袋を抱えると、続いて搭乗ゲートへと向かう。

エディプスは出国審査を待っていた。審査の順番が巡ってくる。パスポートと航空チケットを窓口の出入国管理官に手渡す。担当管理官が中央コンピュータに連結されている端末装置をしきりに操作している。どうやらＩＤの照合に手間取っているらしい。この期に及んでいったい何が隘路《あいろ》となっているというのか。エディプスの顔に次第に不安と焦りの色が浮かぶ。

管理官が怪訝そうにエディプスの顔を覗き込む。と、不意に、脇に控えている警備員に目で合図を送る。

不穏な雰囲気にエディプスは五感を研ぎ澄ます。いつの間にか、どこからともなく警備員が招集され、エディプスの周りを取り囲みつつある。

「失礼ですが、別室にてお時間をいただけますか？」

管理官がそう告げたときには、すでに包囲網が狭められているのを、エディプスは肌で感じた。

　こんなところでみすみす逮捕されるわけにはいかない。エディプスは一か八か非常口に向かって走り出す。不意を突かれ、警備員らがあたふたとエディプスの後を追う。

　エディプスは非常口の扉を開けて非常階段を駆け下りる。と、階段の踊り場で、応援に駆け付けようとしていた警備員ら数人と出くわす。エディプスは渾身の力を振り絞り、体当たりして警備員らをなぎ倒す。

　エディプスは全力疾走で二階の非常口までたどり着くと、無我夢中で扉を開けてフロアに出る。そこは到着ロビーだった。

　目の前に広がるコンコース。警備員らが大挙してエディプスを捕らえようと、手ぐすね引いて待ちかまえている。もはや絶体絶命、観念するより他ないと思われた。

　ふと、エディプスは小脇に抱えているずだ袋に目を落とす。そうだ、この手があった。まだ突破口は残されている。

　エディプスはずだ袋の口にぞんざいに片手を突っ込むと、掴めるだけの百ドル札をむしり出す。そして、宙いっぱいに札片《さつびら》を舞い上げた。

「金だ！　百ドル札だ！」

　エディプスはそう叫ぶ。と、辺りは一瞬静まりかえる。

が、宙に舞い散る紙切れが本物の百ドル札とわかるやいなや、衆人はにわかに色めき立つ。皆、我がちにこぞって札片《さつびら》に飛びつく。到着ロビーは瞬く間に大混乱に陥った。

エディプスはどさくさに紛れて、コンコースを猛ダッシュする。警備員らは、札片《さつびら》を掴もうと躍起になっている衆人に行く手を阻まれ、立ち往生するばかり。

エディプスは、さらに札片《さつびら》を撒き散らしながら人だかりをかいくぐり、下りのエスカレーターまで一目散に駆け抜ける。エスカレーターの手すりに飛び乗ると、アクション映画のスタントマン宜しく、一階に向かって滑り降りていく。

眼下では警備員らがスクラムを組んで待ち受けている。エディプスはずだ袋を盾に、そこへそのまま体当たりで突っ込んでいく。なぎ倒された警備員らを踏みつけにし、エディプスはいち早く体勢を立て直すと、エントランス目指して一目散に駆け出す。

やっとの事で旅客ターミナルビルの外へと逃れたエディプスであったが、追っ手はそばから迫っていた。前の道路へと飛び出していくエディプス。

と、そこへ車が。

「あぁ！」

エディプスは、咄嗟に腕で頭部を覆い地面に身を伏せる。危うくはねられる既《すん》の所で、車は急停車する。

エディプスは恐る恐る身を起こす。エディプスの目の前に現れたのは、目にも鮮やかな深紅色《クリムゾン》のコンバーチブルであった。

「危ないじゃない！」

運転席から若い女が大声を上げる。

エディプスは、コンバーチブルの後ろに回り込むと後部座席に飛び込む。

「車を出してくれ！」

エディプスは叫ぶ。

女は咄嗟にアクセルを踏み込む。よもや、追っ手の者どもに取り囲まれんとした間一髪、コンバーチブルは急発進する。

面食らって肢体を仰《の》け反らせる警備員らを後目に、コンバーチブルは現場を走り去る。

＊　＊　＊

コンバーチブルは空港連絡自動車道を直走《ひた》る。追っ手らしき車両は見受けられない。どうやら振りきったらしい。

エディプスはほっと一息吐く。何はともあれ、とりあえず危機一髪の窮地からは脱することができた。

「まったく……どういう了見してるのよ。怪我はない？」

女に尋ねられるも、エディプスは無言のままただうなずく。

エディプスは、しばらく茫然自失で車外を流れゆく殺風景な広野をただ眺めていた。不意に、空港付近の緩衝帯で目覚めた時の光景がフラッシュバックする。

エディプスは目覚めてからこれまでの経緯《いきさつ》を反芻してみる。

野っ原でたったひとりおっぽり出されていたこと。どす黒い古血で染まった血染めのシャツ。現金《げんなま》の詰まったずだ袋。血反吐のこびりついた航空チケット。極めつけは、先ほどの旅客ターミナルビルでの逃走劇。

数々の物的証拠や既成事実に鑑みるに、どれをとってもエディプスへの嫌疑を裏付けているかのようである。

空港の旅客ターミナルビルにて、行き交う人が皆、すれ違いざまにエディプスをじろじろ見ていたのも、出国審査で検挙されそうになったのも、みすぼらしい身なりのせいではなかった。

どうやらエディプスはお尋ね者の身の上であるらしい。しかも、各種メディアを通じて広く知らしめられているのか、世間ではかなり周知の事実となっていると推測される。やはり何らかの犯罪をしでかしているのであろう。そう考えるとすべて合点が行く。では、いったい何をしでかしたのか？　人殺しか、強盗か……だとすれば、何故《なにゆえ》に？

先程来、運転席から女がバックミラー越しに、後部座席のエディプスの挙動をそれとなくうかがっている。

エディプスも、前のめりに身を乗り出してバックミラーを見返す。そこに映り込む女の肢体を、下から嘗めるように目でたどる。

すらりと伸びた二本の脚は、黒いストッキングで包まれており、白い肌が透けて見える。タイトなワンピースドレスは、緋色《スカーレット》に細かい黒のドット模様。

エディプスは女の面差しを食い入るように見つめる。女が掛けているサングラスの縁が、西日を照り返してぎらぎらと光を放っている。透けるような白い和膚《にこはだ》。女の顔には不釣り合いに、大きいレンズのサングラス。白い肌に口紅《ルージュ》が濃く映える。髪をすっぽり覆うスカーフもまた、ドレスと同じく緋色《スカーレット》に細かい黒のドット模様でそろえられている。女は全身赤と黒で固められている。

女はエディプスの眼差しに気づき、口角を緩め鏡越しにエディプスに視線を返してくる。

刹那、エディプスは、過去と現在とが二重写しになったような不思議な感覚に襲われ

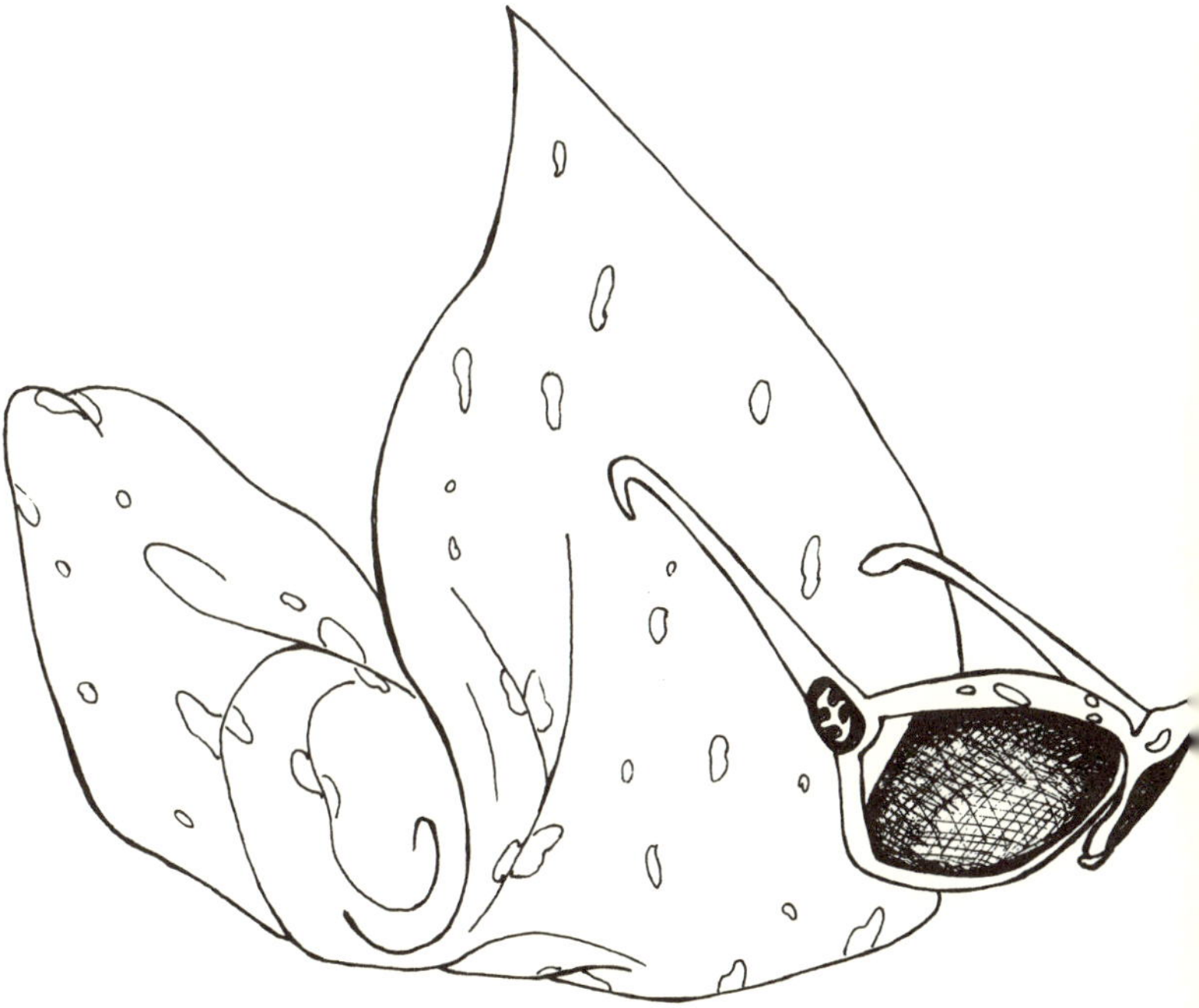

る。この感じ、そう遠くない昔経験した覚えがある。既視感《デジャビュ》とでもいうべきか……。失われた記憶を取り戻せるかもしれない。エディプスは、脳裏に封じ込められた記憶の痕跡を手繰り寄せようと試みる。

と、突如、コンバーチブルが急に減速し、がくんと前後に揺れる。身を乗り出していたエディプスは後部座席へとそっくりかえる。途端、甦らんとした記憶はあっという間に忘却の彼方へと再び吸収され、エディプスは現在進行形の現実へと引き戻される。

「ごめんなさい。ジャンクションの手前なもので」

空港の旅客ターミナルビル前で魅せたドライビングテクニックから察するに、これほど下手な運転をにわかにするはずがない。何故《なにゆえ》に急減速させたりしたのか。しかもこのタイミングで。触れてはならぬ過去があるとでもいうのか。あたかも心を読んだかのごとき女の仕業に、エディプスは何らかの作為を感じずにはいられなかった。

まさか精神感応《テレパシー》の心得があるわけでもあるまいし、勘ぐり過ぎか……エディプスは女の横顔をうかがう。女の紅色《ルージュ》の唇は固く結ばれ、表情は陶器のごとく無機質である。

コンバーチブルはジャンクションを抜けて、そのままハイウェイに乗り換える。

それにしても、この女はいったい何者なのだろうか。タイミング良く現れてエディプスを窮地から首尾良く救い出す、偶然にしてはできすぎのシチュエーションではなかろうか。まるで、事の成り行きをすべて予見しているかのごとく。偶然を装いながら、エディプスが現れるのを待ち受けていたかのごとく。

まさか、自ら望んで火中の栗を拾いに来たわけではあるまいし。いや、待てよ……穿った見方をすれば、この女こそが、エディプスをわざわざ拾い上げては火中に放り込んでいる、と言えなくもない。この女は、エディプスを窮地に陥れる為にもたらされた引き金役《トリガー》なのだろうか。

エディプスは、バックミラー越しに女と視線をあわせようとする。女の瞳の奥に秘められた真実を見出そうとするも、女が掛けている大きめのサングラスによって、エディプスの思惑はあえなく遮られる。

エディプスはふと口を開く。

「空港にさえ行かなければ、あんな目には遭わなかったのに」

「あんな目って?」

「国際線に乗ろうとしたら、出国カウンターで引き留められて、何が何だかわからないまま警備員に追われ……そうだ、それにこの大金、いったいどういうことなんだ?」

エディプスはずだ袋の口を開け、札の詰まった中身を女に見せつけようとする。女は目もくれない。

「君は、どうして僕を助けるんだ？」

「助けるも助けないも……偶然あの場に居合わせて、あなたを危うく轢きそうになっただけのこと。助けるだなんて、そんな覚えはないわ」

「それにしてはタイミングが良すぎやしないか。まるで予《あらかじ》めわかっていたみたい……僕があの場に現れると」

「変な言いがかりはよしてよ。そもそも、あなたは自分の都合で空港へ行ったんでしょ」

エディプスはなおも食い下がる。

「でも、どう考えてもおかしくないか。いくら行き掛かり上のこととはいえ、君のような妙齢の女性が、親子ほど年の離れた見ず知らずの中年男を、平気で同乗させたりするのか？」

「よく言うわ。轢かれそうになっておきながら……。あなたが勝手に車の中に乗り込んできたんじゃない」

ことさら素っ気ない態度で、女はエディプスの言葉をやり過ごす。

「本当は何もかも承知の上なんだろ？　僕をどうするつもりなんだ？」

女は鼻先で笑う。

「中年のおっさんをどうこうする気はないわ」

エディプスはそれでも言いつのる。

「さっきだって、君は僕の思考回路に割り込んできて、僕の思考を遮断したじゃないか」

「さっきって、いつ？　思考の遮断？　あなた、おつむがいかれてるんじゃないの？」

「何か魂胆があってのことだろう、僕を陥れようとするなんて……」

「あきれた人。あなたの勝手な被害妄想に付き合うつもりは毛頭ないわ」

エディプスをよそに、女は淡々と車を走らせる。

それ以上何か言い張ったところで、けんもほろろに突っぱねられるのが落ちだと、エディプスは悟った。

ふと、女は内蔵型自動車制御誘導装置に手を伸ばす。相互情報交換ネットワークに接続し、公開情報案内サービスにアクセスする。ディスプレイに〝都市国家《ポリス》市民公共広場《アゴラ》〟の掲示板が表示される。女は指で画面をスライドさせて検索する。

と、あるリストに女の指がピタリと止まる。世界各国の警察および捜査機関に国際指名手配されている容疑者の一覧。そこには、エディプスの名も連ねられていた。しかも、ご丁寧に詳細な立体映像付きで。

エディプスは後部座席から、今一度運転席の方へと前のめりに身を乗り出す。

容疑は……過失致死、横領、特別背任。もはや、エディプスの嫌疑は火を見るよりも明らかであった。

エディプスとはいったいどのような人物なのか。事ここに至っては、どういった経緯でこんな事態に陥ったか、事の真相が知りたいところである。

女は、指でエディプス容疑者の欄をタップする。画面がワイプし、エディプスのプロファイルが表示される。エディプスの目が釘付けになる。

『エディプス：スフィンクスエンタープライズ生命工学《バイオテクノロジー》研究所前代表取締役。潜りのカジノでバカラ賭博にのめり込み、身代を擦ってしまう。それでもまだ事足りず、スフィンクスグループの傘下にある生命工学《バイオテクノロジー》研究所から、数十万ドルもの多額の資金を重役会議に無断で持ち出す。それが、スフィンクスホールディングスＣＥＯにして、エディプスの父親であるライオスに知られ、咎められる。研究所内でふたりはもみ合いになり、ライオスをものはずみで死に至らしめる。挙句の果てに、数十万ドルを着服し、そのまま逃亡』

どうやら、エディプスという輩《やから》はとんだ食わせ者のようである。こうまで白日の下にさらされては、不本意ながらも、この忌々しい現状をすべからく自認するより他ない。

女は指でスワイプして、公開情報案内サービス画面から自動車制御誘導装置の画面へと表示を切り替える。

「これからどうするの？　あなた、追われてるみたいだけど、行く当てはあるの？」

エディプスは黙って首を横に振る。

「わたしはアンティゴネ。あなた、名前は……エディプスらしいわね」

「そうらしい……パスポートにもそうあった。実は……名前は覚えていない。事件のことも、指名手配のことも……それどころか、今までのこと、何もかもまったく思い出せない」

「記憶喪失……か」

アンティゴネのありきたりな反応に、エディプスはいささか空々しさを覚える。

と、アンティゴネの唇が何かを呟く。

「まさか、そんなはずでは……」

声はせずとも、バックミラーを通して、アンティゴネの唇がわずかにそう動いたように、エディプスの目には映った。そんなはずでは、とはいったいどういう意味なのか。含みのある言葉に、またぞろ先程来の疑念が再び頭をもたげる。

ただの通りすがりに見せかけて、その実、エディプスの身に及ぶあらゆる出来事《インシデント》を、それどころか行く末までをも、何もかも先刻承知。その上で、エディプスを誘導し、事の顛末を見届けようとしている……。

と、まあ由の無いことを次々と思いつくこと……もしやパラノイアなのではないか、とエディプスは自分で自分が厭わしく嘆かわしい。

エディプスは大きなため息をつくと、身体を仰《の》け反らせ後部座席へと深くもたれかかる。

「テーバイに行こうと思うんだけど。あなた、行く？」

アンティゴネが尋ねる。エディプスは深くうなだれる。

「そのシャツ、何とかしないと。血生臭くて……それだけでも十分怪しいわ」

なぜこの女は、頼みもしないのに何くれとなくかかずらってくるのだろうか。エディプスはさっぱり腑に落ちなかった。が、さしあたっては、アンティゴネに前途をゆだねるより他ない。

コンバーチブルは、エディプスとアンティゴネを乗せてテーバイへと向かう。

＊　＊　＊

落日を背に、ふたりを乗せたコンバーチブルは、黄昏のハイウェイを滑らかに直走る。

宵闇に包まれるころには、テーバイへとさしかかった。

遠目に望むテーバイの街は、想像以上の巨大都市《メトロポリス》である。群青に染め上がる天穹目がけてそり立つ超高層建築物《スカイスクレイパー》。摩天楼は、巨木の群落宜しくひしめき合って林立している。人や物資を高層階同士で直接やり取りするために、超高層ビルは互いに連絡橋によって結ばれている。複雑に入り組んだ連絡橋を、引っ切り無しに物資運搬用リフトが行き来し、そのたびに青白い閃光がビルの合間を飛び交う。まるで、蛍光試薬で染色され浮かび上がった血管網が、ちっかちっかと光り輝き脈打っているかのようである。

都市《まち》は蠢く。一塊《いっかい》の有機体のごとく……。

都市を形成する区画ひとつひとつを、有機体を形づくる細胞《セル》一個一個に見立てるとするなら、都市を隈なく行きわたる連絡橋は、さしずめ大動脈といったところか。それら大動脈に繰り出される光の鼓動を合図に、各細胞《セル》は互いに同期し合っている。こうして都市という名の有機体は自ずと調和が保たれている。

都市の周囲は、レーザー網が張り巡らされた防護壁によって護られ、余所者《よそもの》の侵入を固く拒んでいる。コンバーチブルは、ハイウェイのインターチェンジを抜けると、都市内への進入路を求めて周壁をぐるり一巡りする。ようやくゲートウェイへとたどり着くと、減速し出入門《ゲート》へと進入していく。

トンネル状に続く門内。黄橙色の誘導ランプが順々に点滅し、コンバーチブルはその指示に従い左端のレーンへと進んでいく。ほどなくして、検問所に行き当たる。

出入門《ゲート》内には検問所が設けられており、無人の自動検問システムによって、指名手配されている容疑者は言うまでもなく、テーバイ立ち入りの許認可権が更新されずに期限切れを迎えている者、犯罪歴のある者など、〝訳あり〟人物を判別し、場合によっては自動的に警察に通報される仕組みになっているのだ。

アンティゴネは車両を一時停止させる。掛けていた大き目のサングラスを外すと、後部座席のエディプスに手渡す。

「これを掛けて。これで顔認識をスルーできるから」

さらに、アンティゴネの指示で、エディプスは後部座席のシートの下に身体を横たえると、その上からずだ袋を乗せて、完全に身体が隠れるように備えた。

アンティゴネは、コンバーチブルをゆっくりと発進制御バーの手前に寄せる。助手席に置いてあるセカンドバッグから生体認証ＩＣカードを取り出し、右脇に設置してある端末の挿入スリットにスワイプさせる。すると、スリット横の照射孔からアンティゴネの左の眼球に向けて低エネルギー赤外線が照射され、網膜スキャンが完了する。

通行可能のサインが点灯し、発進制御バーが開く。アンティゴネは静かにコンバーチブルを発進させる。

トンネルを抜けると、にわかに街の喧騒が迫ってくる。エディプスは、おもむろに後部座席の下から這い出て、強ばった身体を起こし座席に座りなおす。サングラスを外して車外に目を移す。と、そこはいよいよテーバイの内部であった。

都市はすっかり宵闇に包まれていた。コンバーチブルは目抜き通りをゆっくり進む。

「前へ移ってもいい？」

エディプスが助手席に移動したいと告げると、アンティゴネは黙ってエディプスを助手席へと招き入れる。

見渡す限りの市街地の情景は、文字通りの不夜城。一見きらびやかにして、その実チープでけばけばしいばかりのイルミネーションに彩られ、煌々と照り輝く歓楽街は、スパンコールのごときにぎわい。往来では引っ切り無しに歩行者が闊歩し、果敢《はかな》無くも虚飾に満ちた一夜切りのナイトライフを享楽している。

街頭の瀟洒《しょうしゃ》な建物のあちこちで、生体の細胞を象ったロゴタイプが掲げられているのが、エディプスは何となく気にかかる。

「あのマークのようなものは何？　市章か何か？」

エディプスはロゴタイプを指差す。

「あれは、スフィンクスグループの社章」

「スフィンクスっていうと、僕がＣＥＯを手に掛けたという……あの？」

アンティゴネは黙ってうなずく。

「スフィンクスグループは、もともとはライオスとイオカステの夫妻が、クローン技術を応用した生命工学《バイオテクノロジー》のベンチャービジネスとして起業した、スフィンクス生命工学《バイオテクノロジー》研究所から始まった」

妻のイオカステは、クローン技術の分野における世界的権威で、研究所は世界特許を次々と取得。殊に、臓器再生の分野においては、世界トップクラスのシェアを保持している。クローン技術の成果により、研究所は、飛ぶ鳥を落とす勢いで瞬く間に世界屈指の企業へと成長を遂げた。同研究所のクローンをもってすれば、生物でクローンを作れないものはないと、全世界に言わしめた。

経営手腕にたけたライオスは、ライバル企業を次々に合併、買収。一代で今日《こんにち》の一大グループ企業スフィンクスを築き上げた。

こうして、テーバイは生命工学《バイオテクノロジー》の高度技術集積都市《テクノポリス》からさらに発展し、現在の巨大都市《メトロポリス》に至っている。

「この都市がここまでの成長を遂げたのも、ひとえにスフィンクスの賜物。スフィンクスこそがテーバイの政治、経済、産業のほぼ一切を手中に収めているといっても過言ではない」

アンティゴネは言い切る。

とはいえ、エディプスにとって最も気にかかったのは、イオカステという女である。即ち、ライオスの妻にしてエディプスの母である女。

「イオカステ……」

がらんどうになった記憶の奥底で、何か途轍もないものが胎動するのを、エディプスは感じる。

またも、エディプスは、過去と現在とが二重写しになったような不思議な感覚に襲われる。

若い女が見える。ピンポイントライトに照らし出され、暗闇に浮かび上がる女の有様。女は、生きているのか死んでいるのかさえ定かではない。一糸まとわぬ女の肢体は、水中を浮遊するかのごとく、エディプスの目の前をゆらゆらと漂う。女の目は、こちらを見つめているのか否か、空《うつ》ろに見開いたまままばたきすらしない。半開きの唇は、微笑みを湛えているように見えなくもない。

これは、エディプスが最後に目にした女の記憶なのか。

次第に遠ざかる女の影。

『待って、あなたは……』

エディプスが手を差し伸べるも、得体のしれない透明な障蔽によって遮られる。女は、無情にも忘却の渦中へと巻き込まれ、やがて藻屑となって記憶の深淵へと消え去った。

エディプスはがっくりとうなだれる。

あの女は母イオカステなのか？　母親にしては、あまりに若すぎやしないか。

何より、胸に迫るこの切ない思い。激しく滾る痛みにも似た感覚。これはいったい何なのか？　恋慕といった尋常一様な感情とは明らかに趣が異なる。いうなれば、これは……それより先を推し量るのは、さすがに憚られる。

イオカステは仮にも父ライオスの妻。それに何よりエディプス自身の母である。恋慕の情を抱くだけでも人倫に反するのに……まして、そのような感情をはるかに超えた邪な衝動《リビドー》を催すとは……。背徳的《インモラル》な情動《エモーション》の発露に、エディプスは嘔気を覚える。

エディプスは気を紛らわせようと、外の風景に目を移す。歓楽街は、エディプスの胸の内などどこ吹く風、夜が更けるにつれいよいよにぎわいを増してくる。

通りの喧騒を背景に、ぼんやりとアンティゴネの横顔がエディプスの視界に映り込む。

エディプスはふと思う。このアンティゴネという女、いったい何者なのだろうか。

そもそも、どこの馬の骨とも知れぬ男を平気で車に乗り込ませ、その上、その男が凶悪な殺人犯かもしれないと判ってからも、うろたえる気配を微塵も見せない。エディプスが大金を突きつけようとも、気味悪いほど冷静沈着である。

なぜ、これほどまでに平然としていられるのか。よほど豪胆な気質なのか。それとも、まさか、はなからこうなるさだめと知りつつ、とっくに腹を据えているとでもいうのだろうか。

エディプスは、アンティゴネの横顔をうかがう。アンティゴネはハンドルを握り、まっすぐに前方を見つめている。

「君は、僕のこと恐れてないの？　人を殺したかもしれないのに……」

アンティゴネの瞳に見入るエディプス。もはや、サングラスに遮られることはない。またしても、既視感《デジャビュ》がエディプスの頭の中を席巻する。

エディプスは直感する。この目の前の女アンティゴネは、エディプスが以前からかなりよく見知ったる人物であるということを。

否、知っているというどころの話ではない。あろうことか、先ほどの白昼夢に現れたイオカステと思しき女と、容貌が瓜二つではないか。

これはいったい……？　ただの思いすごし、単なる他人の空似？　現実と見紛うほど生々しい夢だっただけに、それに囚われるあまり、架空と実在とを恣意的に結びつけてしまっているにすぎないのであろうか。

否、ひょっとするとひょっとして、目の前のこの女こそ、実は現実には存在していない、なんてことはなかろうか。だとすれば、今ここにこうしてエディプスの隣に座している女は、いったい何なのか？　エディプスの妄想が具現された幻影《ホログラム》なのか？　潜在意識に内在する原初的欲望が産み出したまやかしか？

そんなバカな……そもそも、在りもしない虚像に車の運転などできるわけがない。それこそエディプスの妄想ではないか。

とはいえ、エディプスは、アンティゴネと出会ってから一度たりとも、その身体に触れてはいない。

エディプスは、アンティゴネの肢体に向けてそっと手を伸ばす。

と、前方を見つめていたアンティゴネが、突如エディプスの方を振り返り、咄嗟にその手を掴む。アンティゴネは食い入るようにエディプスを見返す。エディプスはどぎまぎする。

「いや、その……君が、昔会ったことがある人に似ているなあ、と思って……」

「昔会った人？　あなた、記憶喪失じゃなかったの？」

「ああ……そう、そうだよ。ただそんな気がしただけで……頭の中がぐちゃぐちゃして……」

アンティゴネはエディプスを睨《ね》めつける。が、あっさりと掴んでいた手を離すと、再び前方へと向き直る。エディプスはほっとして手首をなでつける。

ともあれ、図らずも、アンティゴネに実体があることが証明された。

コンバーチブルは、繁華街を外れ、裏通りへと入っていく。

＊　＊　＊

表通りから一筋裏へ外れると、そこはちょっとしたホテル街になっており、ビジネスホテルや素泊まりの安宿などが軒を連ねていた。

アンティゴネはコンバーチブルを路肩に寄せる。コンバーチブルは歩道の縁石を乗り越えると、とあるホテルの地下駐車場へと進入していく。

アンティゴネは、コンバーチブルを駐車場の一角に駐車させると、エンジンを切る。

「ここ、ホテルだけど……」

エディプスがまごついていると、アンティゴネが平然と答える。

「山野で不時露営《ビバーク》するよりましでしょ」

エディプスはアンティゴネに促され、車から降り立つ。エディプスが、後部座席のシートの下から例のずだ袋を取り出そうとする。

「そのまま置いておけば」

エディプスはアンティゴネに従うことにする。

人目を忍ぶカップル宜しく、ふたりは連れ立って足早にエレベーターに乗り込む。

エレベーターがフロントフロアに到着する。

無人のフロント。自動精算機が設置されている。ここで前受金精算し、客室のカードキーを受け取る。こうして、他の宿泊客や従業員と一切顔を合わせることなく、チェックイン、チェックアウトができる、てな寸法だ。現金決済すれば足もつかないらしい。

「ツインでいいわね」

アンティゴネがエディプスを振り返る。返答に窮して、エディプスは困惑気味に両腕を広げ、軽く肩をすくめる。

カードキーを手にすると、ふたりは客室階目指して再びエレベーターに乗り込む。

さいわい誰とも顔を合わすことなく客室にたどり着く。

客室に入るやいなや、エディプスは思わずベッドにうつ伏せになって倒れ込む。

「着替えのシャツを買ってくる」

と、アンティゴネは客室を出て行こうとする。エディプスはがばっと跳ね起き、アンティゴネを振り返る。

「心配しないで。大金抱えてとんずらしたりしないから」

アンティゴネは、セカンドバッグから現金と車のキーを取り出す。

「身分証とかは、ここに全部置いていく」

アンティゴネは、セカンドバッグをエディプスの目の前に据える。

「あなたこそ、いなくならないでよね」

そう言い残すと、アンティゴネは客室を出て行った。

静まり返った客室。ベッドでひとりぽつねんとたたずむエディプス。

ふと、壁を見上げると、電子スクリーンにニュースフラッシュがスライドショーで流れていく。時々刻々と移ろう速報を、手持ち無沙汰にぼんやりと眺めている。

と、エディプスは画面に絶句する。

『報奨金、金十万ドル：スフィンクスエンタープライズ生命工学《バイオテクノロジー》研究所前代表取締役エディプスの行方に関する有力情報提供者には金十万ドル進呈。依頼主：スフィンクスホールディングスＣＥＯライオス』

亡くなってしまった人間に、依頼広告など出せるはずがないではないか。エディプスは、サイドテーブルの遠隔操作装置を手にすると、電子スクリーンのスライドショーを一時停止させる。遠隔操作装置を操作して、ハイパーデータバンクへアクセスし、スフィンクスエンタープライズに関する情報を検索する。

スフィンクスエンタープライズの沿革がスクリーンに表示される。内容は、先ほどアンティゴネから聞いた話とほぼ同じである。

画面を下へとスクロールしていく。スフィンクス生命工学《バイオテクノロジー》研究所設立当時の施設の様子を映した記念写真。今から四十数年前であろうか、映っているのはたった三人。写真の中央には、若かりし頃のライオスと思しき男の姿が。その隣、嬰児を抱いた女はイオカステであろうか。写真自体がかなり縮小され、解像度も悪いため判別しがたい。

読み進めると、関連記事として『スフィンクスの謎』という記事が掲載されている。

それは、ある疑惑を報じた内容で、内部関係者のリークに基づき書かれたようである。

『スフィンクスエンタープライズ生命工学《バイオテクノロジー》研究所で、秘密裏に遂行されているヒトクローンプロジェクト』

関係筋からの情報によると、同研究所内でヒトクローンを作製すべく特別選抜チームが編成され、外部との接触を一切断たれた状況下で、密かにヒトクローンの研究が進められているらしい。

現在の法律では、治療目的であれば、臓器や組織の一部のクローンを作ることは許可されている。が、ヒトそのもののクローンを作ることは、たとえ技術的に可能であったとしても、倫理上の問題から禁止されている。禁を犯せば、無論刑事罰を科される。

この件に関して、スフィンクスエンタープライズにコメントを求めたところ、同社は、そのようなプロジェクトとは一切関係しておらず、事実無根と全面否定。

さらに、追跡記事が続く。

『続報！ スフィンクスの謎――内部通報者の正体は、はたして？』

記事によると、スフィンクスエンタープライズの最高幹部役員の何某《なにがし》が、ヒトクローン計画の一部始終が記された最高機密《トップシークレット》をマスコミ関係者に持ち込んだ、とある。

一大企業による神をも恐れぬ陰謀を暴いたとして、大衆はその果敢な行為に大いに喝采を送り、謎の内部通報者をヒーローに祭り上げた。

一方で、多額の報酬と引き換えに企業機密を国外に売り渡した、とする憶測も飛び交っていた。大金に目がくらんだ売国奴として社内で非難の声が上がる中、内部通報者にとって不利な噂をわざと流すことで、社内で孤立させ内部通報者をあぶり出そうと、スフィンクス首脳陣が画策したのではないかとする穿った見方もある。

はたまた、企業内トップによる主導権争いも取り沙汰されている。CEOライオス側と研究所代表取締役エディプス側との確執……ここまでくれば、スフィンクスの謎は、どうもきな臭いお家騒動の様相を呈してきたといえよう。

ところで、謎の核心ともいえる内部通報者の正体についてだが、第一候補として、エディプスの名が挙げられていた。

そして、今やエディプスは札付きのお尋ね者である。スフィンクスエンタープライズCEOであるライオスを死に至らしめた容疑。代表を務める生命工学《バイオテクノロジー》研究所の資金を横領した特別背任の容疑。これら諸々の嫌疑により、国際指名手配されている超有名人なのだ。

はたして謎の真相やいかに？　謎を解くカギは、エディプスの失われた記憶の中に埋もれているのであろうか。

と、スクリーンの画面に、尋ね人専用ハイパーデータバンクより、広告用文字情報がインサートされてくる。

『親愛なるエディーへ、デルフォイにて待つ。イオカステ……続きを読む』

『イオカステ』の文字に、エディプスの胸の鼓動が高まる。エディーとはエディプスの愛称に違いない。

エディプスは透かさず『続きを読む』という画面表示を選択する。が、アクセスが制限されており、これより先に進むにはＩＤの提示を求める、との主旨を告げるメッセージが表示される。

あいにくパスポート以外に身の証となるものは持ち合わせていない。仮にパスポートが利用できたとしても、国際指名手配中の代物を使おうものなら、すぐさま警察が乗り込んでくるに違いない。だが、どうしても続きを読みたいという衝動を、抑えることはできない。

先ほど、アンティゴネが市内への出入門《ゲート》の検問所を通過するのに使用していた生体認証ICカード、これぞまさしくIDカードに違いない。エディプスは抗いがたい誘惑に駆られ、ついアンティゴネのセカンドバッグに手を伸ばす。バッグから生体認証ICカードを取り出すと、電子スクリーン付属のカードリーダーのセンサーにかざす。

画面にアンティゴネの個人情報が映し出される。その内容にエディプスは愕然とする。そこには、制服姿のアンティゴネの静止画《ポートレート》とともに、内務省保安局情報部第五課所属、と記載されていた。

「内治警察！」

内治警察とは俗称で、内務省保安局が所管する情報部第五課を指し、国内治安維持に専任する情報機関である。内治警察は、司法警察権は行使せず、専らスパイやテロリストの追跡および摘発を行う部署で、所属のエージェントはいわば諜報活動のエキスパートといえる。

突如、アラートのサインが画面いっぱいに点滅する。

『不正アクセス！　不正アクセス！　不正アクセス！』

エディプスは、泡食って咄嗟にリモコンで電子スクリーンの電源を切る。が、もはや手遅れであることくらい、エディプスにだって理解できる。

今に、警官隊が大挙して突入してくるやもしれぬ。エディプスの背筋を冷や汗が流れ落ちる。息遣いが荒くなるのが自覚できる。

アンティゴネのＩＤカードを握りしめたまま、エディプスは、しばし途方に暮れていた。

突如、静寂を破り、アンティゴネが血相を変えて客室に飛び込んでくる。

「まさかとは思ったけど、カード、勝手に使ったのね。わたしのカードは、第三者が無断で使用するとアラートが発動して、自動的に警察に通報するシステムになっているの」

アンティゴネは、エディプスの手に握られているＩＤカードを取り上げる。

「ホテルの周り、刑事《デカ》がそこいらじゅう、うようよしてるわ」

呆けるエディプスの腕を掴むと、アンティゴネは有無を言わさず客室の外へと連れ出す。

「ぐずぐずしていられない。やつら、直《じき》に踏み込んでくるわよ」

エディプスは引きずられるように半身になって、アンティゴネの後に続く。ふたりは、小走りで廊下の奥へと突き進む。

袋小路へと突き当たったところで、アンティゴネの足がはたと止まる。エディプスは、勢い余ってアンティゴネの背中に打《ぶ》ち当たりそうになる。

そこには、避難設備と表示された重厚なスチール製のボックスが設置されている。

アンティゴネは、ボックスのキャビネットを開けようとハンドルを引く。が、錆びついているのか、びくともしない。

アンティゴネは、真顔でエディプスの方を振り返る。

「……!?」

エディプスは、何か言おうにも言葉にならず、ただ狼狽《うろた》えるばかり。

アンティゴネは、エディプスの目の前にＩＤカードをかざす。

「カードはこう使うの」

くるりとボックスの方へと向き直ると、ボックスの隙間にカードをスワイプさせる。

キャビネットは、手品のごとくいとも容易く開く。

アンティゴネは、ボックスの上の窓を開ける。ボックスから避難用シューターを取り出し、窓から投下する。

「さ、急いで」

アンティゴネは、シューターに入るようエディプスの背中を押す。エディプスは、思い切ってシューターへと飛び込む。

シューター内は想像以上に急で、ほぼ直滑降に感じられる。エディプスは、天地も知れず無我夢中で滑り落ちていった。

エディプスは、シューターの出口から飛び出て、尻もちで着地した。次いで、アンティゴネがシューターから降ってくる。ふたりは折り重なって、地べたに投げ出された。

エディプスは立ち上がると、よろめきながら通りを目指そうとする。またしても、アンティゴネがエディプスの腕を掴む。

「こっちよ！」

アンティゴネは、通りとは逆の路地道の奥へとエディプスを導く。しばらく行くと、例の深紅色《クリムゾン》のコンバーチブルが停めてあるのが見えてくる。

「こんなこともあろうかと、ホテルのはずれに出しておいたの」

ふたりは早速車に乗り込む。アンティゴネはエンジンをふかし、車を発進させる。

コンバーチブルは、路地道をジグザグに走行しホテルを迂回すると、通りへと出る。

けたたましい爆発音が背後からあがり、エディプスが振り返る。大勢の警官隊がホテルへと突入するのが小さく見えた。

エディプスは、ひとまずほっと胸をなでおろす。

＊　＊　＊

アンティゴネは、当て所もなくコンバーチブルを転がしていた。

やっとのことでホテルにまでたどり着き、今夜はベッドで眠れる、と思いきや、つかの間の休息すらままならず、またしても車で逃げ回る状況へと逆戻り……。意気消沈するエディプス。ただただ虚脱感だけが増すばかり。

アンティゴネが、片手でハンドルを握りつつ、もう片方の手で後部座席を指差す。

「それ」

エディプスは、助手席から後部座席へと身を乗り出す。後部座席には、紙包みが置かれている。

エディプスは、紙包みを取り上げると、助手席で造作なく開ける。中身はアンティゴネが買ってきた着替え用のシャツであった。

エディプスは、着ているシャツを脱ぐと、車外に投げ捨てる。そして、真《ま》っ新《さら》なシャツに袖を通す。

エディプスはアンティゴネの横顔を見つめる。

「内治警察と国際指名手配犯。一緒にドライブするには、何ともちぐはぐな取り合わせだ。どうして、内治警察までが僕のことを付け回すんだ？」

アンティゴネは淡々と運転をつづけている。

「もはや単なる偶然とは言わせない。あの時、空港の旅客ターミナルビルのエントランスで、追っ手から逃れる僕をこの車で拾ったのも、今、君とこの車にこうして同乗しているのも。偶然を装っておきながら、その実、何もかも予《あらかじ》め仕組まれていたことだったんだろう？」

アンティゴネは、相変わらずの無表情。

「君が僕の素性について何の不審も抱いていない気配だったのは、君は関心のない振りをしているようで、本当は関心がないわけじゃなかった。既に僕の素性を知っているから、今さら尋ねるまでもなかっただけなんだ」

エディプスは、なおも言いつのる。

「市内へ入る検問の時だってそうだ。如何にも物々しく僕を後部座席のシートの下に押しこんだりして。今にして思えば、あれだってさもそれらしく装うための狂言にすぎなかったんだろう。内治警察の君なら、検問の通過など訳ないはずだ。なのにわざわざ僕にもっともらしいポーズをとらせたのは、下手に穿鑿《せんさく》させないための君一流のパフォーマンスだったんだ」

アンティゴネは、しれっとしてエディプスには目もくれず、自動車制御誘導装置に手を伸ばす。相互情報交換ネットワークに接続し、ニュースフラッシュにアクセスする。画面に臨時ニュースのテロップが流れる。

『テーバイ市警、アンティゴネを重要参考人として指名手配。容疑者蔵匿の嫌疑。国際空港旅客ターミナルビル前にて、逃走中の国際指名手配犯エディプスを深紅色《クリムゾン》のコンバーチブルに乗せて、テーバイ市内に向けて走り去ったのを空港職員が確認』

「木っ端お巡りめ。こっちは内治警察で内密の捜査をしてるってことも知らずに、余計な邪魔立てを……」

アンティゴネは舌打ちする。

「で、どうする？　このまま市街に留まれば、警邏の巡査に見つかるのは時間の問題。郊外に出るなら、一斉検問が始まる前の今のうち」

助手席のエディプスを振り返る。

「行くんでしょ？　デルフォイへ」

アンティゴネの思いがけない言葉に、エディプスは、はっとする。

アンティゴネは前方を見据え、アクセルを踏み込む。

コンバーチブルは市街地から抜け出し郊外へ、一路デルフォイへと向かう。

＊　＊　＊

デルフォイは、テーバイ市街から少しはずれた郊外の小高い丘陵地にある。深紅色《クリムゾン》のコンバーチブルは、夜の帳の中を疾風となって、丘に向かってスカイラインを駆け抜ける。

エディプスは風巻《しま》かれながら、アンティゴネに呼び掛ける。

「君が、ずっと僕とともに逃走してきたのは……」

「特命の任務だった」

アンティゴネはきっぱりと言い放つ。

「やはり、すべては、君がこうなるよう仕向けていたことだったんだ……。とどのつまり、僕がデルフォイを目指すことになるよう、君がそれとなく僕を誘導した」

「いいえ。本来ならあなたはアテナイ行きの最終便に乗って、今頃は高飛びしているはずく手筈だった」


だった。わたしはそれを見届けるために、あなたを監視していた。今度こそ万事うまくいく手筈だった」

「何だって？　君は望んで僕をデルフォイへと導いたわけではなかったというのか？　それに『今度こそ』とはどういう意味なんだ？　前にもあったということなのか？」

エディプスは、アンティゴネに掴みかからんばかりにまくしたてる。

「君は絶妙のタイミングで現れて、幾度となく僕を危機から救ってきた。事の成り行きを予見し、僕の胸中を、そればかりか僕の前途までも見透かしていた。すべて承知のうえで、僕の運命を翻弄し……そうだろう？」

アンティゴネは押し黙っている。

「僕はてっきり、君が描いたシナリオ通りに僕をデルフォイへと、イオカステのもとへと差し向けているると……そうではなかったのか？」

執拗に食い下がるエディプスに、アンティゴネはただ首を横に振るばかり。

アンティゴネの横顔を、食い入るように見つめるエディプス。

不意に、イオカステの面影とアンティゴネのそれとが、エディプスの網膜でオーバーラップする。無意識の奥底に封印されていた禁断の記憶が、またぞろ頭をもたげる。

暗闇に明《さ》やかに浮かぶイオカステの肢体。青白く艶めく肌を惜しげもなくさらし、エディプスの目の前をかすめる。先ほどは、手を差し伸べるも、既《すんで》のところでコンタクトを断たれてしまった。今一度《ひとたび》訪れた千載一遇のこの機を逸するわけにはいかない。今度こそ、イオカステを……。

次の瞬間、エディプスの潜在意識を制御するバリアが打破され、飼い殺されていた野獣《リビドー》が、抑圧から解き放たれる。

突如、エディプスは助手席から身を乗り出し、運転席のアンティゴネを抱きしめようと、覆い被さる。

思いがけず手荒な手段にうったえてきたエディプスに、不意を突かれたアンティゴネはハンドルを取られる。コンバーチブルは車道から外れ、あわやガードレールに激突するかに思われた。

が、咄嗟にアンティゴネはブレーキを踏み込む。タイヤが金切り声をあげながら、煙を吐いて路面を滑る。コンバーチブルはガードレールの手前でスピンして停まる。

エディプスは、急停車した勢いで、助手席の方へと吹っ飛ばされる。

エディプスの突然の豹変に、アンティゴネは唖然としてエディプスを見返す。

エディプスは体勢を立て直すと、アンティゴネの方へと向き直り、もはや開き直りにも似た心情で思いの丈を打《ぶ》ちまける。

「僕は、イオカステを愛している……。君がイオカステに瓜二つだなんて……なぜなんだ！」

アンティゴネの表情が刹那強ばる。エディプスはそれを見逃さなかった。

「君は任務のためだと言うが、本当にそれだけなのか？」

アンティゴネはエディプスの瞳を見据える。ふたりの間にしばしの沈黙が続く。静寂を支配するのは、タイヤの焼けつくにおいとふたりの荒い息遣い。

と、アンティゴネが口を開く。

「すべての道はデルフォイに通ず」

アンティゴネは乱れた髪を手櫛で整えると、努めて落ち着き払い、コンバーチブルを車道へと戻す。エディプスは助手席で腰を落ち着かせる。

アンティゴネは再びアクセルを踏み込む。深紅色《クリムゾン》のコンバーチブルは、何事もなかったかのごとく、スムーズにスカイラインを馳せ登っていく。

＊　＊　＊

深紅色《クリムゾン》のコンバーチブルが、デルフォイの丘へと到着する。

丘の頂上から遥か眼下に見下ろすテーバイの夜景は、目映いばかりの白金《プラチナム》。コンバーチブルは、テーバイの夜景を後目に、デルフォイの丘をゆっくりと走行する。

ここは、まさしくスフィンクスグループ発祥の地にして、聖域《サンクチュアリ》ともいえる場所である。今日《こんにち》の繁栄の礎を築く原点となった、スフィンクスエンタープライズ生命工学《バイオテクノロジー》研究所を中核に、多種多様な研究施設があたかも神殿のごとく集中している。

深紅色《クリムゾン》のコンバーチブルは、研究所のエントランスへと続くコンコースを進んでいく。いよいよ本丸突入である。

エディプスは辺りを見回すも、路上には人の気配がまるでない。自動検知システムで制御された街灯が先立って点灯し、コンバーチブルの道行を照らし出す。その先には、ライトアップされ闇夜に一際浮かび上がる白亜の殿堂、生命工学《バイオテクノロジー》研究所社屋が待ち構えていた。

深紅色《クリムゾン》のコンバーチブルは、研究所正面玄関前で停車する。エディプスとアンティゴネは車から降り立つと、まっすぐに玄関へと進む。

厳重なセキュリティーチェックを受けるかと思いきや、監視カメラのみがふたりを出迎える。まるでふたりがやってくるのを予知していたかのごとく、自動扉が開く。

エディプスとアンティゴネは玄関ホールへと向かう。ホール内にも、やはり人の気配がまったく感じられない。

吹き抜けの玄関ホールに、ポーンとエレベーターの到着音が鳴り響く。ホールの一番奥にあるエレベーターの扉がひとりでに開く。エディプスとアンティゴネはエレベーターに乗り込む。ふたりが乗り込むと、扉が閉まり、エレベーターは階上目指して静かに上昇を始める。

エレベーターには予《あらかじ》め行き先階が登録されており、最上階を示すボタンが既に点灯していた。エディプスとアンティゴネは、上部にある階数を表示する文字盤を見上げていた。

エレベーターは刻一刻と最上階へと近づいていく。

「もう、後戻りはできない」

アンティゴネが、かすれた声で呟くようにもらす。

エディプスは黙ってうなずく。

ポーンという到着音と共に、エレベーターが目的の最上階で停止する。

扉が開く。と、ふたりの目の前には仄暗い研究室《ラボ》が広がっている。エディプスは恐る恐る研究室《ラボ》に足を踏み入れる。アンティゴネがそのあとに続く。

一歩一歩探りながら進んでいくと、やがて暗さに目が慣れてくる。

研究室《ラボ》はかなり奥行きのある空間になっている。通路の両脇には、透明アクリル樹脂で覆われた等身大のシリンダー状カプセルが、奥まで整然と配列されている。

突如、ピンポイントライトが点灯し、カプセル一つ一つが照らし出される。ふたりは背中合わせに身を寄せ、辺りを警戒する。

エディプスは、カプセルの中身を確認する。カプセルの内部はコロイド状の培養液で満たされており、海洋や陸上のあらゆる哺乳類と思しき生物が、分類別にさもモニュメントのごとく、仮死状態で保存されている。おそらくは、この生命工学《バイオテクノロジー》研究所で製造されたクローン生物の生体標本であろう。

高ぶる緊張を抑えつつ、エディプスとアンティゴネはさらに先へと向かう。

研究室《ラボ》の奥まったどん詰まりまでたどり着く。そこには、小規模プラントとでも形容しようか、先ほどのカプセル群とは比べ物にならないほど、重厚な設備に護られたカプセルが設置されていた。

カプセルの中身は何なのか?　逆光にさらされ、はっきりとは認識できないが、人形《ひとがた》であることは確かである。エディプスは戦慄を覚える。

エディプスはアンティゴネを振り返る。

「これが、あなたが探し求めていた答えよ」

アンティゴネはそう言うと、カプセルを指差す。

エディプスは目を凝らしてカプセルを見つめる。と、ピンポイントライトが点灯し、カプセルの中身があからさまになる。

「こ、これは……」

仄暗《さ》がりに明やかに浮かび上がる女の肢体。空ろな瞳、しどけない唇、青白く艶めかしい肌、一糸まとわぬあられもない姿でコロイド溶液の中を浮遊する。白日夢《ゆめ》で見た通りの画がそのまま現在進行形で展開されていく。

目の前の事物はもはや夢幻ではない。まぎれもなくイオカステその人である。白日夢《ゆめ》にまで見た魅惑の女。その魔性を以てして、エディプスをよろめかせる情念の女。

その瞬間、エディプスの脳裏で、二重写しになっていた過去と現在とが、ぴたりと一致する。

「イオカステ……」

「スフィンクスの謎は、もう解けたも同然」

アンティゴネは言い放つ。

「ヒトクローン計画の疑惑は本当だった。イオカステは、人類が初めて作り上げたヒトクローン。二十数年前、あなたが作った」

エディプスがアンティゴネを振り返る。

「イオカステは、あなたの母であり妻でもあった。そして、わたしは、あなたとイオカステの間に生まれた娘」

アンティゴネの言葉に、エディプスは耳を疑う。

「どういうことなんだ？」

エディプスはアンティゴネに詰め寄るも、そこにいるのは、イオカステと瓜二つの女。

「どんなに記憶を消されようとも、どんなに道理をねじ曲げようとも、この事実は変えられない」

鰾膠《にべ》もなく突き放すアンティゴネ。茫然自失のエディプス。

と、研究室の奥からしゃがれた男の声がする。

「アンティゴネ、一から説明してやらんと、エディプスには何の事だかさっぱり解らんだろう。なにせ記憶喪失なのだから」

カプセルの背後から老獪《ろうかい》な男が現れる。男は、冷ややかにエディプスとアンティゴネを見据える。

「ライオス」

アンティゴネは男を睨《ね》めつける。ライオスと呼ばれた男は、一向にお構いなしに、カプセルの前へと回り込む。

「イオカステの理論は実に見事だ。そう思わんか？　通常、クローンを作製すると、個体が発生し自然に成長するに任せるしかない。が、イオカステがあみ出した手法を使えば、未分化の受精卵から一足飛びに任意の年齢の個体を発生させることができる。つまり、成長という時間の束縛から解き放たれ、幼児であろうと老人であろうと、望みの年齢の個体を自由自在に作製できるというわけだ。時間を支配するとは、まさにこのことを言うのだ」

ライオスは不敵な笑みを浮かべ、エディプスを見返す。

「お前もクローン作製段階で気づいただろう。おっと、お前は記憶喪失だったたな。イオカステの場合、亡くなった年齢より先の年齢で発生させることができない。まるで生命の糸がそこでぷっつりと断ち切られているかのように。先天性の遺伝子欠損とは、まさしくここに核心がある。イオカステの場合、細胞分裂するためのテロメアが元々極端に短い。だから、細胞分裂を繰り返し、テロメアを使い切ってしまった段階で突然死するのだ。どんなに遺伝子技術を駆使しようとも、現在の技術では、遺伝子欠損を通常の状態にもどすことができない」

ライオスは、美術品コレクター宜しく愛おしげにカプセルの中を眺める。

「完璧な美。非の打ち所のないヒトクローンの生体標本。アンティゴネの言う通り、イオカステは、エディプス、お前が作ったクローン人間だ。イオカステはお前の母であり妻である。そして、わたしの妻でもある。もう随分昔のことだ。わたしとイオカステは、大学付属の生命工学《バイオテクノロジー》チームで共同研究していた。わたしたちは互いに尊敬し、愛し合っていた。イオカステはまさしく天才だった。次々に画期的なアイディアを発案し、わたしですら歯が立たなかった。が、チーム内にイオカステの論文を盗もうとする輩がいた。そこで、わたしたちは独立し起業することにした。それがスフィンクス生命工学《バイオテクノロジー》研究所だ。研究所は、牛の歩みではあったが着実に成果を上げていった。そして、わたしたちは子を授かった。それが、エディプス、お前だ。だが、幸せはそう長くは続かなかった。ライバル企業に陥れられ、事業資金の貸しはがしに遭い、研究所はたちまち火の車。そんな折、イオカステが突然死した。さっき話した通り、先天的な遺伝子の異常のせいだ。借金まみれの上に妻までも失って、わたしは乳飲み子のお前を里子に出さざるを得なかった。失意の中で、わたしは裸一貫で出直すことにした。無我夢中で働き、スフィンクスグループを今日にまで築き上げた」

ライオスは真っ直ぐエディプスを指差す。

「ところが、二十数年前、エディプス、お前が突如わたしの目の前に現れた。生き別れになっていた息子が。成長し青年となったお前が。無論、わたしもお前もそうとは知らず、再会を果たしたのだが」

ライオスは自嘲気味に微笑む。

「わたしは、予《かね》てからあるプロジェクトを温めていた。即ち『ヒトクローン計画』だ。すべては愛する妻イオカステを甦らせるため。プロジェクト遂行のために優秀な人材を招集した。その中に、息子のお前がいるとは夢にも思わなかった。お前は、イオカステの論文を読み、形見に取っておいたイオカステの髪の毛からＤＮＡを抽出して、クローンを作り上げることに成功した。それがそもそもの過ちの始まりだった」

ライオスはさらに話を続ける。

「研究室《ラボ》という閉ざされた空間で、ふたりっきりで過ごしていくうち……そういうことだよ、お前たちは密かに結ばれた。そうして産まれたのがアンティゴネだ。程なくして、クローンであるイオカステも突然死した。死因はオリジナルと同じ。クローン技術をもってしても、遺伝上の欠陥は克服できなかった。お前は、アンティゴネを、わたしに絶対に見つからない場所へ、即ち、内治警察養成所に託した。そこは、孤児を預かり、才能のある者を選別し、内治警察官へと育成する機関だ。アンティゴネは才能を見込まれ、若くして内治警察のエリートへと成長した。こうして、二十数年間、この事実は隠し果《おお》せられてきた」

ライオスの鋭い視線がエディプスを突き刺す。

「秘密とはいつかは明るみに出るもの。ヒトクローン計画疑惑は知っているな。二十数年前の計画を、さも現在進行中であるかのごとくデマを飛ばした輩がいる。どうせまたぞろライバル企業の虚仮威《こけおど》しか何かにすぎないと、高をくくっていた。が、ある時、疑惑の調査と称して、内治警察が事情聴取に訪れた」

ライオスはアンティゴネを指差す。

「青天の霹靂だった。アンティゴネがわたしの前に現れたのだ。まさにイオカステに生き写しではないか。わたしはピンときた。二十数年前、わたしを欺いたやつがいる。わたしの目を盗み、妊娠、出産させるなどという芸当をやってのけるのは……エディプスよ、お前しかいない！　二十数年もの長きにわたって、お前はわたしを裏切り騙《おお》し果せてきた。そうとも知らず、愚かにもわたしはお前を買って、研究所の代表取締役にまで引き上げてやった。わたしは嫉妬に狂った。怒りに打ち震えた。この屈辱をどう贖わせようか。わたしは、あらゆる手段を講じてお前に関するすべての事を、しらみつぶしに調べ上げた。そうしたら、何たることか！　お前が、生き別れになったわたしの息子、よりによって血を分けた実の息子だったとは！」

ライオスは己の運命を呪い、両手の拳を握りしめる。

エディプスは、衝撃の事実を突きつけられ、ただ放心していた。

決して冒してはならぬ人としての道が、情け容赦なくエディプスとイオカステの間にはだかる。そして、それは、許されざるふたりを分け隔てる罪業と絶望の地溝となって、ふたりを引き裂いていった。

ライオスがようやく切り出す。

「アンティゴネよ、わかっているんだ。疑惑があるなどとわざとデマを飛ばし、内治警察が捜査に踏み切るよう仕向けたのは、すべてお前の仕業だってことは。とんだ茶番劇だ。こうして、お前は事情聴取と称し、大手を振ってスフィンクスグループへと乗り込んできた。そして、このわたしの前に姿を現した」

「そうよ、その通りよ。わたしは予てより、自分の出生にわだかまりがあった。そこで、自分のルーツを突き詰めていった。そしてスフィンクスにたどり着いた。ライオス、そういうあなたこそ復讐の為にエディプスを陥れようと画策したではないか。架空の横領事件をでっち上げ……」

「皆まで言うな！」

ライオスは、鋭い怒鳴り声をあげたかと思いきや、にわかに声高に嘲笑いはじめる。

「アンティゴネよ、お前の運命を教えてやろう。イオカステの遺伝子欠損は伴性優性遺伝する。即ち、女性にのみ遺伝するものなのだ。お前は近い将来突然死する。お前の遺伝子にはそう刻まれているのだ」

「わたしは、自分の遺伝子と運命を共にする覚悟はできている」

アンティゴネは、たじろぎはしなかった。

「ライオス、あなたは自分の犯した罪の深さをまったく理解していない。理解しようともしない。罪を罪とは認めぬ不遜な態度は、なおも罪深い」

「小賢しいことを。では、どうすれば満足なんだ？　こんな途方もないスキャンダル、大っぴらに公表しろとでもいうのか？　そんなことをしたところで、世間に受け入れられると本気で思っているのか？　それこそ物笑いになるのが落ちだ」

「そうやって真実から目をそむけ、向き合おうとしない卑怯者！　元はといえば、ライオス、あなたが自分でまいた種。生命を操作しようなど神の領域。あなたは神の領域を侵した。己のエゴを満たすために、権勢を盾に、神をも恐れぬ尊大な行為に及んだ。神が造り賜うた自然界の摂理を曲げた罪は、どう贖おうとも贖いきれない」

「そういうお前は何だ？　正義漢ぶっているが、ただの偽善者ではないか」

ライオスは、ことさら憐れむような口調で嘲る。

「アンティゴネよ、いい加減終わりにしないか。これで何度目だ？　お前の企みは何度やっても元の木阿弥。結局、人の力で運命を変えることなどできない。お前こそ思い上がりがすぎるというものだ」

アンティゴネは声を荒らげる。

「ライオス、あなたは自分の罪をエディプスに転嫁しようとしている。これ以上罪を罪で上塗りしないで！　実の息子に父親殺しの罪を犯させないで！」

ライオスの手の中で何かが光る。拳銃の銃口がエディプスに向けられる。

「エディプスよ、憎むべきはこのわたしだ。さあ、どうしてくれよう？」

やり場のない激情にほだされて、破壊への衝動が頭をもたげるのを、エディプスはこらえきれない。

ふと、エディプスの脇の実験台の上に、何か光るものがあるのが、エディプスの目に飛び込んでくる。解剖用の大型のメスだ。

と、エディプスと銃口の間にアンティゴネが割って入る。

「挑発に乗ってはいけない！　ライオスは、あなたと刺し違えようとしている。あなたに父親殺しの汚名を着せるために」

「黙れ！」

ライオスは、銃口をアンティゴネに向けて引き金を引く。

刹那、アンティゴネの後ろ姿がイオカステのそれと重なる。全身のアドレナリンが一気に臨界にまで高まり、エディプスを突き動かす。

咄嗟にエディプスはアンティゴネに覆い被さる。銃弾がエディプスの頬をかすめる。既《すん》のところで、ふたりは凶弾から免れる。

破壊への衝動が一瞬にして極みにまで達するや、それらは怒りとなって一挙に集約され、ただ一点へと集注される。標的は絞り込まれた。狙うはただ一つ。

エディプスは体勢を立て直すと、さっき目にした大型メスを握りしめる。と、電光石火、ライオスの胸元目がけて飛び込んでゆく。

「死ね！」

エディプスは怒号を上げる。

切っ先がライオスの心臓に狙いを定める。

が、同じく、ライオスの方も銃口をエディプスの右目にあてがっていた。

一発の銃声が鳴り響く。

銃声と同時に、刃がライオスの心臓を貫き、弾丸がエディプスの眼球を吹き飛ばす。

辺り一面に血飛沫《しぶき》が飛び散る。

エディプスとライオス、ふたりの肢体は折り重なるようにして倒れ込む。

血の海と化した惨状。静まりかえる研究室《ラボ》。

ひとり佇むアンティゴネ。緋色《スカーレット》のドレスは、無数の血飛沫《しぶき》を浴びている。

アンティゴネがふと呟く。

「死んだからといって運命からは逃れられない。自らが作り上げた生命工学《バイオテクノロジー》をもってして、何度でも再生可能なのだから」

アンティゴネは血の海をまたぎ、イオカステが眠るカプセルよりさらに奥にある実験室へと入っていく。程なくして、実験室から大型の運搬車を押して出てくる。

運搬車をエディプスとライオスの遺体の傍らに停めたところで、突如、アンティゴネはその場でうずくまり胸元を押さえつける。

「イオカステ、あなたの遺伝子がわたしの中で発現しつつある。急がねば……」

アンティゴネは、渾身の力を振り絞り、立ち上がる。

アンティゴネは、エディプスの亡骸の両足首を掴むと運搬車に載せる。次いでライオスのものも。

「このままふたりともおめおめと死なせてなるものか。わたしは何度でもあなた方を彼岸から此岸へと連れ戻す。ありのままに罪を認め、尊大を愧《く》いてくれるまで、何度でも同じシナリオを再生し続ける」

アンティゴネは運搬車を押して、自らも実験室へと入って行った。

誰もいなくなった研究室《ラボ》。カプセルの中では、何事もなかったかのごとく、イオカステの躯体が仄暗い光にさらされ、わずかに揺らいでいた。

＊　＊　＊

東の稜線が白み始める頃、一台の深紅色《クリムゾン》のコンバーチブルが、空港連絡自動車道を直走《ひた》る。

助手席には眠りこけている男。染めムラのあるどす黒いシャツとズボンを身につけている。

運転席の女は、緋色《スカーレット》に細かい黒のドット模様のワンピースドレスをまとい、そろいの模様のスカーフで髪を覆っている。前よりもドット模様の数が増え、大きさも幾分大きくなっているように見える。

女は、男のシャツのポケットに航空チケットを忍ばせる。

「次こそは上手くいく。今回は脳の再生も完璧。記憶も完全な形で残っているはず。三度目の正直よ」

コンバーチブルは突如車道から外れる。砂礫の中をしばらく進むと、空港付近の緩衝帯で停車する。

女は車から降りると、辺りを念入りに検める。次に、助手席から男を引きずり下ろすと、地面に仰向けに寝かせる。

女は仕上げに、パスポートと百ドル紙幣の束がぎっしり詰まった例のずだ袋を、傍らの草むらに投げ入れる。

「今度はひとりで勝手に空港に向かうんじゃないわよ。着替えのシャツを買って戻ってくるまで、しばらくここで自分の犯した罪をじっくり反芻するといいわ」

女はひとりコンバーチブルに乗り込むと、もと来た道を帰って行く。

「人はいつかは死ぬもの。自分の運命がこの先どうなるかなんて、そんなことどうだっていい。大事なのは人の道を踏み外さないこと。その為なら、わたしは何度でも逝きなおし、そして、生きなおす」

＊　＊　＊

頭上を物凄い轟音がかすめ、男ははたと目を覚ます。

男は仰向けの格好で四肢を投げだし、地べたにぶっ倒れていたのだ。

男はおもむろに上体を起こす。と、そこには、草っぱらとも砂礫ヶ原ともつかぬ、ただ荒涼たる平地が広がっていた。

真昼の太陽が容赦なく男に照りつけている。どれくらいの時間、こんなだだっ広い荒れ野におっぽり出されていたのであろうか。男の身体はどこもかしこもギスギス痛む。頭はガンガン響く。

いったい全体、男の身に何が起きたのか？　ここは何処なのか？　何故《なにゆえ》に、こんな広野のはずれに、男は長時間置き去りにされていたのか？　それよりも何よりも、男にとって最も肝心要のことが思い出せない。

「僕は、何者？」

新クニウミ神話　―ＺＯＮＥ―

残暑厳しい八月。安芸の宮島、北の入り江に鎮座する嚴島神社。その東側近辺、宮島港桟橋。

目の前に開ける瀬戸内海は、この上ない日和の下、満々と豊かな海潮を湛えている。はるかに望む伸びやかな蒼海は、無数の小さな島嶼《とうしょ》を静寂《しじま》のうち包容している。時折、その海原を細波《さざなみ》が静かになでると、夏の陽光が乱反射して、鏡のごとく海面がきらきらとさんざめく。

ウィークデーの昼下がり。その上、このところの炎暑が重なったせいもあってか、桟橋で定期観光船の出航を待つ観光客と思しき影も疎《まば》らである。

瀬戸内の夏独特の凪いだ海風をもってしては、この厳しい暑さをしのぐことは容易ではない。乗船を待つ客らは、各々日傘を差すなりハンカチで首筋を覆うなりして、もろに肌に照りつける日差しを遮ろうとつとめるも、ほとんど甲斐はない。わたしも、仕方なく観光用リーフレットを扇子代わりに扇いでは、暑さをしのぐのに空しく労を費やしていた。

この船着き場からは、客船用桟橋が三基沖に向かって張り出していて、それら間隙を縫うように、嚴島神社の大鳥居の笠木の頭一部がごくわずかに垣間見られる。

その鳥居の朱色が桟橋を隔てて仄めいているのを遠くから望みつつ、わたしはふと目を閉じる。と、此度《こたび》の道行《みちゆき》で出逢った情景が脳裏にあふれ出てくる。

宮島は聞きしにまさる秀麗さを醸していた。

〝神の居つく島〟、即ち、神の住まう島、厳島。海岳の変化に富んだ風光は、神代の古《いにしえ》を彷彿とさせる。正《まさ》しく人界の涯《はて》にして天界への懸け路。

今日は小潮の満潮時とあって、海空特有の浅葱色の天穹が、鏡を張ったかのごとく平らかなプルシアンブルーの浅瀬に、覆い被さるように映り込む。空と海とが互いに互いの色相を引き立て合いつつも、空の色は海へと浸透し、海の色は空へと昇華され、厳島全体が碧《あお》に包み込まれている。

嚴島神社の社殿から望む丹塗りの大鳥居。淡い紺碧の凪の瀬に、明《さ》やかに浮かび上がる碧と丹《あか》。水面《みなも》を対称軸にシンメトリーに双子の大鳥居が現れ出でて、丹が倍になって碧の中に映え渡る。

常《とこ》しなえの時の流れが偲ばれつつ、わたしはまぶたを開ける。

目映い陽光が瞳孔に飛び込んできて、刹那目の前が真っ白になる。目が慣れてくると、そこにあるのは泡沫《うたかた》の現世《うつしよ》だった。相変わらず海はその碧を満々と湛えている。

出航時刻が迫り、炎天の下、桟橋で待機していた観光客はやれやれと、海上・水上バスに乗船しはじめる。乗船が完了し、ようやく本地広島市街を目指して、海上・水上バスが船着き場を出航する。

この海上・水上バスは、嚴島神社と原爆ドームの二つの世界遺産を結ぶ定期水上観光船として運航されている。宮島桟橋を発って瀬戸内海を渡り、本地の広島港を経て直接本川に入ると、広島市街地へと遡っていく。更に元安川へと回り込むと、途中原爆ドーム前を航過し、広島平和記念公園の元安桟橋で終着となる。

わたしは、船内の小窓からもと来た澪《みお》をかえりみる。海鳥《かいちょう》が一羽、海面すれすれを飛翔して、わたしたちの乗る海上・水上バスの航跡を追ってくる。

と、不意に見切りをつけたのか、海鳥は身を翻し急旋回したかと思うと、天空へと上昇する。どうやらここまでが〝神の島〟の領海域であるらしい。海鳥は、領海線は越境せず宮島の方へと引き返し、やがて視界から消えていった。

わたしは船の進行方向へと目をうつし、目的地である本地広島市街の上空を見晴るかす。都市の空気は、宮島のそれとは打って変わって、いかばかりか汚れて澱んでいるように見える。市街地上空はスモッグがかかっており、淡い鈍色の天蓋で覆われている。

宮島を天つ神の住まうサンクチュアリとするなら、広島市街地は、現代人の手垢にまみれた俗界と言うべきであろうか。市街地の大気は湿り気を帯びて重たいせいか、海面間近までどんよりと垂れ込めていた。

実は、わたしは何ヶ月かの間、本地郊外に足繁く通い詰めたことがあった。その時は、ある仕事の調査のため、現地直行の至ってビジネスライクな滞在であった。厳島まで足をのばしたのは、今日が初めてである。

太陽は南中にさしかかり、陽光が遮るもののない海上へと容赦なく降り注ぐ。わたしは陽の光のまぶしさを嫌って、窓枠に頬杖をついて伏せっていた。

暑さで体力を消耗したことも相まってか、目を開けているのが億劫になってくる。次第に気が遠くなってきて、うつらうつらしはじめる。

しばしの微睡《まどろ》みから目覚めると、海上・水上バスは、本川河口へとさしかかっていた。海上・水上バスは、広島市街をゆっくりと縫うように遡航していく。

航行速度を落としたため、デッキに上がることが許可される。わたしは少し風に当たろうと、窮屈な船内から外に出てみる。

デッキから眺める河川の情景は、川縁から眺めるそれとは違って格別である。管理の行き届いた護岸と河川敷が、プロムナードのごとく海上・水上バスを市街の奥懐へと誘《いざな》う。五年前に施行された広島市復興計画〝ネオヒロシマ・フェニックスプロジェクト〟。その一環として、ウォーターフロント開発が重点的に取り組まれ、都市空間のオアシス化が図られた。

こうしてネオヒロシマは、水環境都市として不死鳥のごとく再生を果たした。

『瀬戸内海は、内海とはいえ、やはり海なのだな……』

川面の細波《さざなみ》は、海のそれに比べると、止まっているかのごとくおとなしい。

川のほとりでは、夏を盛りに繁茂する木々を、水盤に水を張ったような川面が明《さ》やかに浮かび上がらせている。その分、倍になった緑の草いきれが、鼻腔の奥にまでつんと浸みてくる。

海上・水上バスは、水面を滑らかに推進する。船上から空を望む。普段よりさらに天上から遠ざかってしまったかのよう。それもそのはず、船体が扁平な分、乗客の目線が喫水近くにまで低くなってしまうからだ。

にもかかわらず、まるで空のほうから降りてきたかのごとく、やけに空を近くに感じる。

『なぜだろう……。そうか、川の上にはせいぜい橋くらいしか構造物が無いからか。だから、視界が開けて空が広がりを帯びて見えるのか……』

高層ビル群の直線的なフォルムが醸す都市の機能美は、五年前のあの廃墟から復興を遂げた証。あの惨事などあたかも無かったかのごとく、都市の時空間を高層ビルが占拠し、仰ぎ見る空は日々狭くなり行くばかり。

海上・水上バスからの眺めは、さしずめ都市空間の只中にて空を望むための天上の裂け目といったところか。河岸に沿ってU字形に開けた空をたどって、鋼製の橋桁に伸ばせば手が届きそうな橋梁《きょうりょう》をいくつかくぐり抜けていく。

海上・水上バスは、相生橋付近で右へ大きく旋回し、本川から元安川へと入っていく。すると、左手の岸、目線の先に、先ほどの厳島に続いて、今日二つ目の世界遺産がおもむろにその厳粛な姿を露わにする。

手入れの行き届いた瑞々《みずみず》しい草木《そうもく》に抱《いだ》かれ、それは静寂《しじま》に佇んでいた。思いの外《ほか》矮小なドーム型の塔のあばら屋。うだるような灼熱の中で、その辺りの時空間だけが、時が凍りついたかのごとく、惨劇当時のまま静止している。

原爆ドームは、もとは大正時代に建造された県の産業奨励館であった。建造当時は、ここら一帯では随一の近代《モダン》建築物のひとつであった。が、今となっては、そのような端麗な様相は見る影もない。近未来を先取りしたこの辺りの都会的なランドスケープには相容れない、殺伐たる異次元の遺物となり果てていた。

それもそのはず。この遺構は、人類の栄光の歴史を象徴するものではなく、むしろ、文明史の負の側面を黙示するものだからだ。

それは、二十世紀初期から半ばにかけて勃発した、世界中を戦火の渦へと巻き込んだ二度の世界大戦《ホットウォー》の終末のこと。人類史上初めて実戦にて投下された核兵器《ニュークリア》によって、ＺＯＮＥはこの地上にもたらされた。この遺構は正《まさ》しくそのことを跡づける証拠物件。

二十一世紀も半世紀過ぎた今となっては、その時初めて、ＺＯＮＥという人類が自らの手で産みだしてしまった新たなる時空間が、この地上にもたらされたのは紛れもない事実。このドーム型の塔が、そのことを身を以て立証している。

さらには、今から五年前、あの大惨事が出来《しゅったい》し、ＺＯＮＥが一世紀余りを経て再度この地上に出現した。そして、あの惨憺《さんたん》たる状況下においても、この塔はまたしても残存してしまった。

『神より何か格別な命《めい》でも授かっているのだろうか。それとも、ただ悪運が強いだけなのか……』

梗概《シノプシス》だけが残され、その起源や謂われも記憶の闇に葬り去られてしまった神話宜しく、鉄骨の骨組みとわずかなコンクリートだけがことさらに残され、いささか奇っ怪にも思われるこの塔。これこそが、人類史上初、生きとし生ける人々の頭上にもたらされた

ＺＯＮＥのモニュメント。世界戦争と科学技術で蝕まれた二十世紀末文明の成れの果てが、グラウンド・ゼロに建つこの塔なのだ。

間もなく海上・水上バスは、終着点である平和記念公園、元安橋桟橋に着船する。暫くぶりに足を踏み入れるネオヒロシマ。下船するとその足で、元安川沿いの道を、原爆ドームへと向かう。

明日からこの地では、平和のための国際フォーラムが開催される。言うまでもなく、五年前のあの凄惨を極めた事件を検証し、平和な世界の構築に向けて各国が国際的な連携を図る為に開かれるものである。明日の初日は、事件の犠牲者を偲ぶ追悼式典が催される。

この国際フォーラム開催期間中に広島原爆記念日を迎えることもあり、世界各国の首脳クラスの要人をはじめとする各界の著名人など、そうそうたる顔ぶれがこの生まれ変わったネオヒロシマに一堂に会する。

わたしが所属する第三者機構事故検証会議社会調査室でも、海外の大学や研究機関の共同研究者や各種ＮＰＯ団体の協力者などを、来賓として多数招待することになっている。彼らの現地入りに合わせて、受け入れ準備をしておこうと、わたしは一足先に現地に乗り込んだ。

ついでに来賓を案内する観光ルートも確認しておこうという口実で、今日こうして、定期観光水上航路に乗船したというわけだ。

今回の行程は再確認が目的。とはいえ、観光ルートを確認することが目的の真意ではない。

フォーラムに併せて、われわれ社会調査室も研究発表を行うことになっている。足かけ五年に及ぶ追跡調査の節目となる重要な研究報告である。その研究発表を目前に控え、原爆ドームを訪れてみようと心に決めていた。

というのも、一連の調査が一段落した今でも、ある種の疑問が、わたしの心の奥底でずっとくすぶっているからだ。

人類の存続が危ぶまれるほどの未曾有の脅威が発生する度に、われわれ研究者はこぞって、発生直後から状況の把握に努め、その後の事態の経過、原因究明等、全容の解明に向けて心血を注ぐわけである。

が、われわれがどれほど刻苦精励しようとも、はたしてどこまで事件の核心に迫れているかについては、いささか疑問である。事の真相を詳《つまび》らかにできているのか否かなど、われわれごときには到底計りしれない。

さらにつけ加えるなら、こうして今回恐れ多くも研究報告を行う機会を与えられたのであるが、われわれの力量でどこまで正確にその実態を伝えることができるであろうか。

また、仮にわれわれが完全無欠な調査報告をなしえたとして、報告を受ける側に、それらを受け入れるだけの覚悟といえるほどの構えがあるのだろうか。人々の中で、それら報告の内容が、自分のこととして受容され、繰り返し追体験され、それらが想定されうる事態として、胸の内に着実に根付いていくといえるのであろうか。

そうならないことには、報告は画に描いた餅であり、まったく無用の長物にすぎないではないか。あるいは、報告自体がいずれは風化してしまい、結局は元の木阿弥と化してしまうのではなかろうか。

翻って、そういうわたし自身も自己を今一度内省してみる必要がある。先人たちが残してくれた被爆体験という貴重な人類の負の記憶を、忠実に理解し得ているといえるだろうか。さらに、それを後の世代へと着実に継承していくだけの覚悟と呼べるほどの用意があるといえるだろうか。

わたしは、目の前の塔を改めて仰ぎ見る。

『この目を通して見た塔は、わたしの心にどのように映るのだろう……』

塔そのものの威光が失われ、よもや陳腐の骨頂と化してしまってやいないか。あるいは、塔の真意を読み解けないほど、わたし自身愚者と化してしまってやいないか。そのことを、この目で一度確かめたかったのだ。

さて、今回の社会調査というのは、まだ人々の記憶に新しい五年前、世界中を震撼させた大惨事、核兵器テロ事件とその後についてである。

まずは、ＺＯＮＥについて定義づけておく必要がある。ここでいうＺＯＮＥとは、核爆発による熱線、衝撃波、放射線等の影響が直接及んだ一帯を指す。一般には、グラウンド・ゼロを中心に半径おおよそ30㎞を目安とする。ただし、核爆弾の破壊の及んだ範囲や、事件後の残留放射線量の推移、汚染分布の偏在、汚染レベルの高低差を勘案すると、その限りではない。汚染の度合いによっては、半径30㎞圏外であっても、立ち入り制限区域、即ち、ＺＯＮＥと指定されるケースもある。

事件の概要であるが、朝の通勤、通学ラッシュアワーを狙った犯行だった。広島市街の地下鉄の駅のコンコースにて、アタッシュケースに仕掛けられた核爆弾を炸裂させる自爆テロで、死者、行方不明者を合わせて二万人を超えた。

事件発生当時、このＺＯＮＥに偶然にも居合わせ、否応なく核爆発に巻き込まれてしまった、地元住民をはじめとする通勤者、通学生等の人々、並びに、救助、避難誘導、負傷者の搬送等に従事するためにＺＯＮＥに駆けつけた警察、消防、自衛隊等の関係者、事件直後から負傷者の治療に当たった医療従事者、さらに、これら被曝の可能性のある人々を、事件発生直後からフォローし続けてきた医療チーム。

こうした人々や組織の事件後の実情を、医学的見地ばかりではなく、心理面や社会的、経済的見地からも検証していこうと発足されたのが、社会調査室である。

われわれに課された任務は、中でもグラウンド・ゼロ２㎞圏内から生還した事件の直接的被害者を、追跡調査することであった。殊に、社会的側面に焦点を当てて、事件が被害者にもたらした影響について分析することが、主な任務である。

全国津々浦々の大学、研究機関、シンクタンク、さらには国内に限らず海外の大学や研究機関などとも連携し、事件後散り散りになった被害者ひとりひとりを、時系列に追跡調査するという、まさに地を這うような調査である。

大半の被害者は、即死または即日死しており、生存者を特定することすら困難を極めた。

致死量の放射線を浴びたことへの、世間からの好奇の目や、無理解、不当な差別から逃れるため、あるいは、生き残ってしまったことへの罪の意識、いわゆるサバイバル・ギルトに苛《さいな》まれ、身を隠してしまっているケースも多々あった。ようやく所在を探し当てたものの、時既に遅し、自ら命を絶ってしまっていた人もいた。

被害者の多くが悲惨な末路をたどっており、その赤裸々な実態を目の当たりにするにつけ、面接《インタビュー》を行う調査員は相当タフな精神力を要求された。

そんな中、わたしは、社会科学を志す者にとってとりわけ興味を喚起される標本《サンプル》に邂逅した。

＊　＊　＊

その人物とは、奇しくもわたしと同年齢。詩人である。

詩文を嗜《たしな》む同好者のあいだでは、随分以前からその才能が高く買われた一廉《ひとかど》の存在であったが、ここ五年でにわかに詩壇にて頭角を現し、広く世間でも注目されるようになったらしい。

その人物が初めてわたしとの面接に応じたのは、彼が療養するサナトリウムであった。

わたしが病室を訪ねると、詩人は窓際の安楽いすに身をゆだね、一年で最も陽気盛んな季節のもと、目映い日の光に弄ばれていた。

訪問者の気配を察したのか、詩人はわずかに身じろぎする。窓からの陽光を背に受け、詩人の仄暗いシルエットのみが病室の奥で浮かび上がる。

その憂わしき有様に、わたしは愕然とし、たじろぐばかりであった。それは筆舌に尽くしがたかった。ただ、詩人の落ち窪んだ眼球の奥底だけがぎらぎらしているのが、妙に印象的だった。

詩人の肢体の様相をあえて喩えるとするなら、重力崩壊の進んだ天体、ブラックホールと言うべきか。身体のあらゆる器官や組織が体腔へと徐々に崩落していって、身体全体が内側へと陥没、吸収されていくイメージである。

同じ年齢でありながら、片や生を謳歌し、片や廃人同然。わたしと詩人の人生の明暗を分けたのは、五年前のあの事件。

即ち、核兵器テロ事件を機に、ふたりの運命は、鏡を介した此方側と彼方側のごとく、正対称の方向へ進んでいった。当日、事件現場に居合わせたのか否か、ただそれだけの違いで、わたしは健常な壮年として、今ここにいる。それとは対照的に、詩人の肉体は、今にも滅び朽ちようとしている。

『もしも、目の前にいる彼が、鏡に映したわたし自身の姿だとしたら……』

想像するにつけ、恐ろしさの余り身の毛がよだつ。

病室には、これといって治療を施すような機器の類はまるでなかった。ただ定期的に鎮痛剤を注入するための器具が、ベッドの脇に備えられているのみである。ここは、サナトリウムとは名ばかりのホスピスなのだ。

否応なしに、詩人は、自らの行く末がいかなるものかを認識せざるを得なかった。というのも、五年前までは、彼は医師として職務に専任していたからだ。

事件に巻き込まれて以降は、被曝の後遺症のため、医師を廃業せざるを得なくなった。事件後、広島市郊外に設置された専門サナトリウムにて、療養生活を送っている。その傍らで、残された日々を、筆を執り詩を生み出すのにひたすら費やしている。

ベッド脇のサイドテーブルには、積み上げられた書物と、年代物の万年筆、数冊の大学ノートが無造作に置かれている。

わたしはふとノートの背表紙の日付を見る。と、五年前よりも古いものも交じっている。

「世に知られるずっと以前から、詩をお書きになっていたのですね」

わたしは尋ねてみる。詩人はおもむろに口を開く。

「学生時分からの趣味でね。嗜《たしな》み程度に詩を詠んではいたのだが、今の作品に比べれば、昔のものはふぬけも同然ともいえる代物だよ。この頃になってようやく、詩というものの何たるかがわかってきたような気がする」

確かに、詩人の肉体が刻一刻と衰え滅びつつあるのは、紛れもない事実である。身を削りつつも、詩を綴り続けている。にもかかわらず、どこか余裕を感じる。誤解を恐れずに言及するなら、詩人は、死出の旅に赴くことに、ことのほか愉悦を覚えている感さえある。

「君の訊きたいことは、概ねわかっている。今までにも、そのことで幾人かの人間が、わたしのもとを訪ねてきた。しかし、わたしの言わんとしていることを理解できるかどうかは別問題。おそらく君にも解るまい。それに、わざわざこんなところにまで足を運んでいただかなくとも、君の訊きたいことは、すべて詩に詠みこまれているはずだ。わたしは詩の中で、こうして日々、声を限りに叫びつづけている……」

そう言う詩人の声には、風前の灯火と思しきその憔悴しきった肉体から発せられたとは思えない、鋭さを感じる。凄みと言うべきか、気魄と言うべきか、鬼気迫るようなただならぬオーラに気圧《けお》され、わたしは背筋がぞっと寒くなる。

「あの……あなたの表現者としての才能には、大いに期待するところでありますが、その……あなたを詩人として訪ねて来たのではなく、事件の一体験者として、事実をありのままに話していただきたい。ただそれだけなのです」

わたしは、相手が繊細な芸術家肌、世に言う気難しい変わり者であると見越して、慎重に言葉を厳選しつつ対話を進めたつもりであった。が、

「ただそれだけのこと……君はそう言うが、わたしが真実を語るということは、わたしの背負っている業を君も一緒に背負う、ということになるかもしれない。君にはその自覚ができているようには、到底思えないのだが……」

彼の口調や態度から察するに、どうも彼はわたしを挑発しているように見受けられる。

『詩人にはシニカルで人を喰ったような風がある。それが、彼の生来の性情に由来するものなのか、それとも、現在彼の置かれている境涯が彼にそうさせているのか、はたして、わたしには見当がつかないが……』

わたしは、詩人の術中に陥らないよう、心してかかる。

「確かに。おっしゃる通りでしょう。こう言っては何ですが、わたしに自覚が調《ととの》うのを待っていたのでは、いつまで経っても事が進まないですし、そんな猶予などあなたには無いはず……」

死へのカウントダウンが開始されていることを、彼だってすでに覚悟してはいるはず。わたしは、あえてそのことを示唆する発言を試みた。これはある種の賭であった。

詩人はうなだれ、黙り込んでしまった。

『さしもの彼でも、初対面の赤の他人から、あからさまにもうすぐ死ぬだなんて指摘されたのでは……デリカシーが無さ過ぎる』

わたしはすぐさま後悔した。何故こんな失言をしてしまったのか。やはり、どうかしていたのだ。できることならさっきの発言、なかったことにしたいところであるが、今さら取り返しがつかない。己のしくじりを恨むより他ない。

しばらくして、彼は自らを愚弄するかのごとく微笑みを浮かべ、呟いた。

「確かに君の言うとおり、わたしには死期《タイムリミット》が近づいている。もはや少しの猶予もない」

詩人の顔には、わたしの発言に動揺している気配など微塵もなかった。

わたしは、詩人を見くびっていた。彼は、わたしが想像しているような、世をすねた軽佻《けいちょう》浮薄《ふはく》な凡俗なるインテリゲンチャではなかった。

むしろ、軽はずみなのはわたしの方だった。彼の本質も知らずに、そのような早合点をしたことは、わたしの不徳の致すところである。

「あるいは、誰かがそのことを指摘してくれるのを待ちわびていたのかもしれない」

そのこととは、死期《タイムリミット》が迫っていることなのか、事実をありのままに語ってほしいということなのか、わたしにはよくは理解しがたかった。

とにもかくにも、わたしとの面接に詩人が合意してくれたことが、わたしにとっては大いなる成果であった。

面接は、他の標本《サンプル》との統一性を計るため、主として予《あらかじ》め用意された質問事項に則って、型どおりに粛々と実施された。内容の概要は次のようなものである。

事件発生時にいた詳細な場所、その場所にいた理由、だれといたのかなど、事件当日の詳しい情報はもちろんのこと、事件後の経過、どのような医学的処置を受けてきたのか、治療の経過、生活や仕事、家庭や家族のことなど、事件前と事件後とでどのような変化があったのか、あるいは無かったのかなど、詳細について聞き取りを行った。

彼の、医師としての経験に基づく客観的かつ明晰な分析と論理的思考、加えて、詩人としての巧みな描写力と絶妙な比喩表現は、わたしの期待を裏切らなかった。彼は、鮮明な記憶に基づき、速やかにかつ的確に回答してくれた。この調子なら、一週間足らずで面接は終了するかと思われた。

が、その矢先、彼が突然の身体の変調を訴えた。そこで、面接を一旦中断せざるを得ない事態となった。

その後も、彼の体調の優れない周期と重なったこともあり、しばらくインターバルを置くこととなった。そのせいもあって、すべての項目を網羅するのに、結局何ヶ月もの月日を要することとなった。

インターバルの間、わたしは彼の詩集に読みふけった。

『君の訊きたいことは、すべて詩に詠みこまれているはずだ』

そう詩人は言っていた。わたしはその答えを求めて、詩集の扉を開いてみた。これまで、詩というものに余り触れる機会がなかったのであるが、あれよあれよという間にのめり込んでいった。全集を読み終えた頃には、わたしは彼の世界観にすっかり傾倒していた。

が、誠に遺憾ではあるが、わたしの聞きたかった答えについては、正直なところ今一つぴんと来なかった。というのも、〝わたしの訊きたいこと〟そのものが、わたしの中でまだはっきりと確立されていないせいであるかもしれない。したがって、答えはそこにあれども、わたしにはそれに気づけなかった、とも考え得るわけだ。

わたしは、彼に比べれば、未だ自己認識の甘い青二才だ。そのうえ、感情的体験に移入していくセンスにも乏しい愚鈍な人間だ。今さらながら思い知らされた。時に、凡人には為し得ないような能力を持つ者がいる。それが彼であり、これが天賦の才能というものなのだろう。

『住む世界が違う、とは上手く言ったものだ』

いずれにせよ、詩人の頭の中で構築されている世界は、凡庸なわたしには計りしれない。仮に、わたしが彼と時空を共有し、同じ体験、同じ境遇に同時に置かれていたとしても、だ。たとえ、仮に、わたしが彼と共に五年前のテロ事件に遭遇していたとしても、だ。

しばしのインターバルを経て、彼は容体を持ち直した。わたしは折を見計らって、面接の続きを再開することにした。

久しぶりに病室を訪ねると、詩人は、初めて面会した時と同様に、窓からの陽光を背に受けて、安楽いすに身をゆだねていた。相変わらずの様子に、わたしは幾分ほっとした。

面接も最終盤にさしかかり、わたしはふと、かねてから疑問に思っていた由無し事を詩人に訊ねてみた。

「あなたの詩集を全部読みました。で、中でも……」

わたしはドキュメントケースから一冊の詩集を取り出して、ページをめくり出す。

「『無防備都市』という詩集の、編集後記に載っているあの詩……『焦土作戦』」

と、詩人はいささか困惑めいた面持ちで、口元をゆがめる。

「君は、あんな詩が気になるの……。あれは本編から外された作品だ。難解という理由でね。君は変わっているね。あんなもの、誰も気にも留めない……」

わたしが書のページをめくっている間に、彼は目を閉じて、呪文のようにその詩を唱えはじめる。

天孽《禍の兆し》、黙《しじま》に項《うなじ》を繞《しま》きて、閃光、疾《と》く膏肓《こうこう》を穿《うが》つ。
死に至る病、皹《ひびり》より浸みて、瞬く間に肚《はら》に充つ。
吐さんと、跑《あが》きぬたうつも、為《せ》ん方《かた》無く
末期に及びて、終に、果て口たらん壊疽《えそ》をそっくり剔出《えぐりだ》す。
それ、乾靈《あまつかみ》が、天降《あも》る二神《ふたはしら》をして託せしむ、契りの璽《しるし》。

天蓋、灼《や》け爛《ただ》れ、空より翻り墜ち、雲脚《くもあし》、地輿《ちよ》を翳《かざ》す。
黒雨、乾坤を焠《にら》がせ、土宇、悉《ことごと》く殄《つ》く。
劫風が、焦土と化した墟《おか》に風巻《しま》き
坤倪《こんげい》の頽岸《たいがん》を齧《かじ》り砕く地籟《ちらい》が、新たなるクニウミを呼び覚ます。
それ、すべてを罄竭《けいけつ》の淵へと呑み込む、壊劫《かいこう》の刹土《くに》。

魂魄《プシュケー》よ
人である璽《しるし》を、贄《にえ》に献げた暁《あかつき》に、燼餘《じんよ》となり果てて、生を偸《ぬす》みぬ。

死に至る病、うらぶれし双眸《そうぼう》に烙印をおす。

目癈《めしい》、迪《みち》無くして、地祇《くにつかみ》、死杖をつかわす。

罪無き罰に処せられし無辜《むこ》の殤《しょう》らを、恤《あわれ》まんがために。


わたしが詩編にたどり着くいとまもなく、彼は一字一句違うことなく詩を詠いあげた。

わたしが余韻に浸っていると、不意に頭の中で声がする。

「君には、わたしの叫びが届いたのか……」

声がした、と言うよりは、直接脳に触れられた感覚に近い。精神感応《テレパシー》と言うべきか。

わたしは、思わず詩人の唇に釘付けになる。ほんのわずかでも動きやしないかと待ち構えたが、詩人の表情は、能面のごとく微動だにしなかった。

詩人はおもむろに口を開く。今度は声に出してはっきりと伝えてきた。

「この詩は、あらゆる詩のもととなる、いわゆる設計図みたいなもので、詩としては、まったくたいしたことはない。だから、本編からは除外され、かろうじて編集後記に掲載されたというわけだ」

彼はいともあっさり言ってのける。

わたしは、詩人のその返答を持て余してしまった。手にしている詩集の表紙に目を落とす。

「あなたの雅号はオルフェですが、どこから採ったものですか。ギリシャ神話のオルフェウスからですか」

土気色した彼の顔に、わずかに紅みが差す。

「わたしは医師を廃業して、むしろ良かったと思っている。医師である限りにおいては、身体の治療はできたとしても、医師としてのわたしの能力では、人の魂までは癒せないから」

詩人は、悲しいとも懐かしいともつかぬ面持ちで、サイドテーブルに置いてある大学ノートの一冊に手を伸ばす。

「こうやって、暇さえあればわたしのノートを開いて、那美はこう言っていた。『この詩が神話なら、あなたはオルフェ』とね」

『神話か……』

わたしは得心して、思わず頷く。

「那美さんは、あなたの恋人……?」

詩人は目を細め、口元をほころばせる。詩人が未だかつて、これほどまで穏やかで満ち足りた横顔を、わたしに見せたことがあったろうか。

「那美はチェロの演奏家だった。素晴らしかった。時に敗北すら覚えるほど。医師として、同じ表現者として、男として……」

詩人は、安楽いすに深く身をあずけ、窓から降り注ぐ陽光をいっぱいに受け、恍惚のうちに語り始めた。

「わたしは、君もご存じの通り、医師として身を立てていた。脳神経外科が専門でね。自分で言うのも何だが、それなりに腕の立つ医師だった」

＊　＊　＊

わたしが那美と出逢ったのは、わたしが勤めるとある基幹病院に、那美が、チェロの演奏の慰問に訪れた時のことだった。

ヨーロッパの名だたる国際コンクールにて次々と上位入賞を果たし、今や押しも押されもしない新進気鋭のチェリストとかいうふれ込みであった。

那美が、チャリティーでチェロによるミニリサイタルを開くということは、病院スタッフをはじめ入院中の患者にも予め《あらかじ》周知されていた。

プロのチェリストとはいえ、クラシックに疎いわたしにとっては、知る由もない演奏家であった。そんなわけで、わたしはさほど興味を喚起されたりすることはなかった。

正直言って、慈善やボランティアといった類のものに関して、わたしはいささか懐疑的であった。否定まではしないまでも、暇人が自己満足のために、例によって親切の押し売りに来るのだろう、われわれがあくせく働くそのかたわらで、善人を気取って、まったくいい気なものだ、と、その程度のものと見なしていた。


その日は当直明けから続きの日勤で、わたしは疲労がたまり、かなり苛立っていた。そんな日に限って、午前のスケジュールは朝からの外来診療の予約でびっしり。次から次に押し寄せる患者の診察に、わたしは忙殺されていた。午後からも病棟での回診と、ルーチン業務が目白押しであった。

昼過ぎになって、ようやく外来診療が一段落する。が、一息つく暇もなく病棟業務へと向かう。

いつもと変わらず、わたしは入院病棟に上がるため、慌ただしくエレベーターに乗り込む。その時には、今日ここの入院病棟でミニコンサートが行われていることなど、まるで念頭になかった。

目的の階に着き、静かにエレベーターの扉が開く。と、わたしの目の前には、いつもとはまったく違った別天地が広がっていた。

静まりかえったフロア。ただ、J・S・バッハの無伴奏チェロ組曲だけが、澄みきった風のごとく響き渡っている。

患者たちの受難から免れた満ち足りた顔。あのような表情を、これまでに患者から引き出すことができていたと、わたしには言えるであろうか。

なにより、わたし自身、さっきまでのイライラや倦怠感が、まるで汗が引くかのごとく、消えてなくなっていた。そればかりか、日頃の胸の内のつかえまでもが一掃され、生まれたままの無垢の心に返っていた。

それはわたしばかりではない。入院病棟がまるごと、人間がありのままの姿で宿りする、聖なる屋戸《やど》となっていた。

『こんなところで、このような敬虔な気持ちになれるとは……』

悲しいかな、ここではこんな心的経験をすること自体、実に希なことであり、と同時に、尊い経験でもあった。

わたしは音色の主を探した。

ロビーの奥まったところで、採光用の大窓から注がれる昼下がりの陽光を一身に浴び、その女《ひと》はいた。

深紅《クリムゾン》のドレスを身にまとい、チェロを両膝に挟み込み、ドレスからすらりと伸びた両腕に抱《いだ》く。弦を押さえる長い指を剛健に震わせ、弓を引く白い腕をしなやかにたわませる。彼女がチェロを奏でると、チェロは彼女に共鳴し、魂魄《たましい》の音調を辺り一面に振りまく。激しくも艶めかしく肢体をしならせ、日の光を熱情に変え、身体中からたばしらせる。その豊潤な調べからは想像も及ばない、彼女の修羅のごとき演奏っぷりに、わたしはいさかならぬ衝撃を禁じ得なかった。

その時、わたしの心は鷲づかみに持ち去られていた。

無事リサイタルが終了し、那美は医局へと挨拶に立ち寄った。

先ほどのドレス姿とは打って変わって、生成りのコットンシャツに洗いざらしのデニムのパンツという飾らないナチュラルな装い。そのギャップに、わたしはますます心惹かれた。

目の前にいる等身大の彼女は、思いの外、小ぶりで華奢だった。

『演奏中の彼女はかなり大きく見えたが……ダイナミックな動きのせいか……』

と、突如、那美がチェロを奏でる壮烈な姿が、深紅《クリムゾン》の光の渦となって、目眩くわたしのまぶたに押し寄せてきた。

「先生！」

はっと我に返る。医局にいた職員連中がドアの方を指さす。

那美は大きなチェロのケースを大事そうに抱《かか》え、医局の扉の外にいた。外から局内のわたしたちに向かって、満面の笑みで手を振っている。わたしが、手を振りかえそうと片手をあげた時には、那美は足早にその場を立ち去っていた。

わたしがあげた片手をもてあましていると、まわりの連中は、わたしの不格好な様を見るにつけ、こらえきれずにくっくっと笑っていた。

「先生、これどうぞ」

と、ひとりの看護師が、わたしに一枚のリーフレットを差し出す。

「あの女《ひと》も、出演者兼スタッフとして参加するんですって」

そのリーフレットは、国際フォーラムの案内状およびボランティアスタッフの募集要項であった。

折しも、ヒロシマでは国際フォーラム開催を間近に控えていた。先頃から世界各地の市場で横行する、経済テロ対策を立てるための戦略会議を兼ねたフォーラムである。

日本全国からは言うまでもなく、世界中から、経済界に限らずありとあらゆる分野の関係者や有識者が、ここヒロシマに集結する。

そんなわけで、通訳から医療従事者、道案内《ガイド》、陸上・水上・航空交通輸送人員、清掃員と、とにかくスタッフの頭数をそろえなければならない。わたしが勤務する病院にも、ボランティアスタッフの募集要項が届いていた。

ボランティアスタッフとして正式登録すると、スタッフ専用IDが発行され、フォーラム期間中、会場となる敷地《サイト》や建物施設、交通機関は無料で出入り自由となる。

リーフレットによると、那美は、フォーラムのレセプションでチェロのソロ演奏をするらしい。場所は丘の上の芸術ホールだ。

わたしは早速、医療スタッフとして登録した。

『ひょっとすると、那美と接触が持てるかも……』

などと、希望的観測を込めて、芸術ホール付近に派遣されるようエントリーした。

フォーラム会場は、市街から北上した丘陵地の上に建設されている。

南向きのなだらかな傾斜地は、一年中日の光をいっぱいに浴びられる。そのため、丘陵地一帯には常緑広葉樹林が広がっている。丘陵地は、市街の近郊で本格的な森林浴を味わえるとあって、市民の間では、休日をのんびり過ごすのに絶好の憩いの場となっているらしい。

丘の下をちょうどぐるように、地下鉄が整備され、丘頂直下に設置された駅から、高速エレベーターで、丘の頂まで直通で結ばれている。

さらに、丘陵地の傾斜部の一部を切り拓き、市街から丘の頂まで延長された山頂直通バイパスが整備された。

そのバイパスの周辺にのみ、なぜか桃の樹が植えられていた。

頂上付近には、国際会議場や芸術ホールなど、建物施設が設《しつら》えられ、国際フォーラムの関係者は皆専用ＩＤパスを携帯し、車両ならバイパスを、徒歩なら地下鉄を利用して、会場入りすることになっている。

わたしの予測は的中し、那美はフォーラムのレセプションでの演奏に向けて、芸術ホールへ頻繁にリハーサルに訪れていた。

わたしは、勤務上がりが午後になる日は、バイパスを利用して、愛車で以てほぼ毎回のように丘の上の芸術ホールに通い詰めた。この頃は、まだ国際フォーラム開催まで猶予があるため、行き交う車両も備品運送関係の運搬用トラックばかりで、台数も知れていた。

夏も盛りになると、丘の斜面では緑が繁茂している。バイパスの沿道では、桃が実りの季節を迎えようとしている。

わたしが初めて芸術ホールにやって来て以来、何度那美のチェロの練習に立ち会ってきたであろう。これだけ繰り返し立ち会おうものなら、大抵は慣れ過ぎてしまって、初めて演奏を体感した時のあの激烈な印象は色褪せ、食傷するところであろう。が、わたしに限っては、決して飽きることなどなかった。それどころか、彼女のチェロの音色に触れる毎に、わたしはますます彼女に心酔していった。

濃緑の丘を縫うように続く車道を、緩やかなカーブも軽やかに、わたしの想いを乗せて、愛車は芸術ホールへと直走《ひた》る。

このところ、那美がホールにチェロのリハーサルに来ていないことに、わたしは少なからずがっかりしていた。

『今日も空振りだろうか。いや、今日こそは来ているはず』

期待と落胆とが交錯する複雑な心模様で、わたしはハンドルを握っていた。が、車が丘の坂道を登るにつれて、期待が落胆を上回り、いやが上にも胸が高鳴る。

やがて、車は丘のてっぺんに到着する。幾度となく訪れたせいもあって、すっかり見慣れてしまったホールがわたしを迎えてくれる。

芸術ホールのモチーフは、古代ローマのアンフィテアトルム。もちろん、古代のそれとは違って、吹き曝しではない。ホール正面のエントランスは、天井も壁も全面ガラス張り。丘陵地にふんだんに注がれる自然光を取り入れ、野外にいる雰囲気を演出しつつ、屋内の快適な空間を実現する、というコンセプトである。

わたしはいつものごとく、スタッフ専用の駐車スペースに愛車を停める。車から降り立つと、心持ち急ぎ足で芸術ホールへ向かう。さながら、女神の御座《おわ》します神殿へと馳せ参じる僕《しもべ》のごとく。

わたしは館内に入ると、エントランスを抜けロビーを突き進み、まっしぐらにメインホールの中央扉の前に立つ。

午後になると、舞台稽古やリハーサルなど一日のスケジュールが一通り終了し、ホールのすべての照明が一旦落とされる。すると、直《じき》に人々は三々五々ホールから退散していく。

那美は、こうして館内に人の気配が少なくなる時間帯を見計らって、メインホールのステージに独り上がり、チェロの弓をとることにしているのだ。

つまりは、この目の前の扉を開け、ステージ上に舞台照明が照らされていれば、那美がリハーサルに来ているということである。

わたしは高ぶる緊張を抑えつつ、おもむろに扉に手を掛ける。

わたしの目に、真っ先に舞台照明の光が飛び込んできた。と、同時に、恋焦がれてならないあのチェロの音《ね》も。

胸の内のもやもやは一掃され、わたしの心は一挙に晴れ渡る。わたしは、那美に気づかれないよう、こっそりメインホールの中へと滑り込む。

がらんとしたメインホール内。中央には、古代ローマの大円形劇場《コロセウム》を模した円形のステージがあって、三六〇度どこからでも舞台が見下ろせるよう、ステージを取り巻くように観客席が設置されている。

ステージの上では、那美が独りチェロの練習に没頭していた。彼女の奏でる音色は、あたかも銀河にちりばめられた無数の星屑が渦巻いているかのごとく、メインホール中をあまねく響き渡る。

ステージの中央で、四方八方から放たれるスポットライトとフットライトの光に、那美の肢体はすっぽり包み込まれていた。照明の効果で那美の影はかき消される。そのおかげで、漆喰肌の白亜のステージ上で、那美の身体は重さを失い、ホバリングしているかのごとく、宙に浮かんで見える。

わたしはホール後方の観客席に我が身を潜ませ、悠久に続く天上の調べに耳を傾けていた。

人智の入り込む余地のない神のアウラを身にまとい、那美は弓を引く。

『わたしごときが、彼女に恋慕するなんて……』

神をも恐れぬ背信行為のように思われて、わたしは気が咎めた。

帰宅しようと、駐車スペースで愛車に乗り込んでいると、ひとしきり練習を終えた那美が、芸術ホールのエントランスに姿を現した。傍らに大きなチェロのケースを、大切に抱《かか》えていた。

と、突如、空から大粒の雨が落ちてくる。

にわか雨はあっという間に土砂降りに。とんだ足止めを食って、エントランスに所在なげにたたずむ那美。

『ちょうどこの時を見計らったかのような雨とは、おあつらえ向きのシチュエーションではないか』

あまりのタイミングの良さに、わたしは思わずエンジンを掛ける手が震えた。

わたしはエントランスへと車を回す。運転席の窓を開けると、雨音に声がかき消されてしまわないよう、思い切って声を掛けてみる。

「よかったら乗っていきませんか？　送りますよ」

声に驚いて、那美はわたしの方を振りかえる。そして、手のひらで胸を押さえる。

わたしは大きくうなずく。

「どうぞ、お気遣いなく。地下鉄の乗降口に向かうだけですから、大丈夫です」

遠慮深いのか、それとも、見ず知らずの男からの誘いに警戒しているのか。そういえば、わたしは彼女の顔をよく知っている。けれども、彼女からしてみれば、わたしは初対面も同然の男。いきなり車に乗らないかなどと誘われたところで、承知するはずもない。

「誓って怪しい者ではありません。これを見て」

わたしは車から降りて、那美のそばまで歩み寄ると、ズボンのポケットからスタッフ専用ＩＤホルダーを取り出し、那美の前にかざしてみせる。

「雨、すぐに止むでしょう。地下鉄の駅までたどり着ければ、帰宅できますから……」

「地下鉄の駅だなんて。どうせなら家まで送りますよ」

那美は躊躇《ためら》って、なかなか首を縦に振ってくれない。が、あまりに激しい雨脚と、わたしの申し出の粘り強さに根負けしたのか、ようやく首を縦に振ってくれた。

そうと決まれば、早速わたしは那美から大切なチェロのケースを預かると、恭しく後部座席に運び入れる。さらに大切な那美を愛車の助手席へと招き入れる。

車でバイパスを下っていくと、あの車軸を流したような土砂降りがうそのように、雨はぴたりと降り止んだ。

『神もわたしの熱意にほだされて、一時《いっとき》の恩寵の雨をもたらしてくれたのであろうか』

偏西風が上空の雲を一掃し、雨に洗われた夏の夕暮れは、一点の曇りもなく澄み渡っていた。丘から見下ろす市街の明かりが、黄昏の中を鮮やかに浮かび上がってくる。

「もしかして、いつも練習を見に来てくれている人？」

那美が運転席のわたしの方を振りかえる。

人知れず練習風景を覗き見ているつもりでいたのはわたしだけで、わたしの存在は那美にとっくに気づかれていた。わたしは照れくさくて、運転に集中している振りをした。

「たとえ練習であっても、耳を傾けてくれる人がいることは、うれしいことです」

那美は屈託なく微笑む。

「初めてお会いしたような気がしないのですけれど、以前、どこかでお目にかかったことがあります？」

「君がわたしの勤め先の病院に慰問に訪れた時。それ以来、わたしはすっかり君のファンになってね」

「そうでしたか……」

きまりが悪そうに、肩をすくめる那美の横顔。

『やはり覚えているわけないいか。わたしは、あの時のことをあれほど鮮明に思い出せるというのに……』

那美がチェロを演奏している光景を初めて目の当たりにした時の、あの衝撃が、胸裏に怒濤となってこみ上げてくるのを、わたしは理性でもって抑え込む。

『あの時のあの人が、今ここに、わたしの手の中も同然といえる車内に一緒にいるなんて……とても現実のこととは思えない』

愛車で丘の坂道を下りながら、わたしは有頂天で、天まで昇らんばかりであった。

わたしはまっすぐフロントガラスを見つめたまま、努めて真面目な声で言うと、

「君がチェロを弾く姿は、情熱的で素敵ですね」

「大きく足を開いて、へんてこな格好でしょう」

那美は、心恥《うらは》ずかしそうに顔を赤らめる。

坂道の麓まで下ると、バイパスはそのまま市街へと抜けていく。

わたしは那美にナビゲートしてもらいながら、彼女の実家へと車を走らせる。那美の実家は、わたしの仮住まいのアパートと同じく市街にあって、双方はそう離れてはいなかった。

愛車は那美の実家に到着し、至福のドライブはこれにて打ち止め。無念のタイムアップだ。

那美の実家はこぢんまりとした戸建て。クラシックの演奏家の家と言えばどんな豪邸かと思いきや、案外とごく一般的な住宅であった。

「今日はありがとうございました。おかげで助かりました」

大事そうにチェロのケースを抱《かか》えると、那美は、リサイタル終了後宜しく、恭しくお辞儀をする。そんな彼女の仕草に、わたしはよそよそしさを覚える。

『このまま終わらせたくない』

わたしは、思い切って切り出す。

「君さえ良ければ、わたしの車で、君とその大切なチェロを、行き帰りだけでも送迎してもいいかな？　これからは、フォーラム開催に向けて、交通規制やら検問やらで、移動だけでも大変なことになりそうだし」

「とんでもない、これ以上煩わせるわけにはいきません」

と、那美はわたしの申し出を丁重に辞退する。わたしはめげずに、もう一押しする。

「国際フォーラムを円滑に運営するためにサポートするのが、ボランティアスタッフの務めですよ。わたしに仕事をさせてください」

　那美から、思わず笑顔がこぼれる。

「それじゃ、帰りだけでも家まで送る、というのはどうですか？　どうせわたしは、いつも決まって君の音色を聴きに行くのだから、ついでに一緒に車に乗って帰ればいいじゃないですか」

　わたしは、そう提案する。

　わたしの親切の押し売りについに根負けしたのか、那美は、明日から帰りにホールのエントランスで待ち合わせすることを約束してくれた。

　那美が家の中に入っていくまで、わたしは彼女の華奢な背中を見届ける。

　那美は、玄関の扉を開けようとする瞬間、不意にわたしの方を振りかえる。

「さっき、わたし、言いましたよね。初めてお会いしたような気がしないって」

　わたしは、黙ってうなずく。

「それって、病院に慰問に訪れた時ではなくて……わたしが言っているのは、それよりもっと前、ずっとずっと昔のことで……」

　那美は、刹那、ぼんやりと遠くを見つめる。が、はっと我に返る。

「わたし、何変なこと言っているんだろう。ごめんなさい。それじゃ、また明日」

　那美は慌てて扉を開けると、隠れるように中に入っていった。

わたしはひとり玄関先に佇んでいた。那美の意味深長な言葉が、頭の中でリフレインする。

「ずっと昔とは、いつのことだろうか？　まさか、前世のことなのか……」

平素のわたしなら、〝前世〟なんて言葉、思い浮かびもしない。それどころか、誰であれそんな言葉を口にしようものなら、非論理的だと見なして一蹴してしまうであろう。

自分で自分の口を衝いて出た言葉に驚きつつも、なぜかその時は、この言葉より他に、このマインドにしっくりと当てはまる表現はなかったように思われた。

そう、わたしと那美は、今世にてついに邂逅をはたしたのだ。それはあたかも、精神を司る魂と、肉体を司る魄とが、宿世の契りによって導かれ、ひとつの生命体として、再び融合するかのようであった。

次の日から、早速わたしと那美は、わたしの愛車で丘の上の芸術ホールからの帰り道を共にすることになった。

直《じき》にわたしは、那美の実家まで迎えに上がるようになった。病院への出勤前に、那美をホールへ送り届け、勤務を終えると真っ直ぐにホールへと向かう。そして、那美の練習風景を心ゆくまで堪能し、一緒に帰宅した。

そのうち、わたしたちは携帯用端末のメールアドレスを交換し、互いのスケジュールを摺り合わせるようになっていた。

わたしが当直明けの折には、那美の方から病院の医局へと出向いてくることもあった。

「先生、チェロの女《ひと》ですよ」

わたしが眠い目をこすっていると、医局の職員が開いている扉の方を指さす。扉の向こうで、那美が小さく手を振っている。

「先生って晩稲《おくて》で、仕事一筋だとばかり思ってたけど、やる時はやるんだね」

同僚たちは、からかい半分でくすくす笑っていた。わたしは照れくさい反面、内心自慢で鼻高々だった。

那美の両親は、わたしと那美の関係が急速に深まっていくのを訝《いぶか》っていた。そこで、わたしは那美の両親に正式に挨拶に伺った。

わたしが礼儀をわきまえた人間で、真面目な交際を望んでいるとわかると、那美の両親はすぐにふたりの仲を容認してくれた。

国際フォーラム開催日が近づくにつれ、市街全体が恐怖《テロル》という漠然とした不安に、次第に覆い尽くされつつあった。巷には不穏な雰囲気が漂い、ピリピリとした空気が肌身に突き刺さる。恐怖《テロル》は、市民生活にも少なからず影を落としていた。

それというのも、各国政府の要人らと彼らに同行し警護するＳＰ連中、各界からの多彩なゲストなどが、続々と現地入りしはじめているからだ。

それに加え、デモ隊をはじめとする得体のしれない〝招かれざる団体客〟が、市中をうようよしている。連中は非政府組織と称し、フォーラムにかこつけてグローバル経済にともなう環境破壊や経済格差に抗議しようと、インターネット等で共鳴者を募り、世界各国からここ広島へと集結するよう要請しているのだ。

テロ対策特別措置法により、移動の自由が制限されはじめた。要所要所で検問所が設置され、おかげで、あらゆる交通道路は慢性的な渋滞に陥っていった。

さらには、鉄道・地下鉄の改札、公共施設をはじめ、路上の至る所でも、抜き打ち的に身分証明書の提示を求められた。街中どこもかしこも、重苦しい雰囲気に支配されていた。

われわれフォーラム関係者が利用する山頂直通バイパスも、要人護送車両や護衛車両、警察関係の車両なんかで終日ごった返していた。ほんの少し前まであれほど平和で穏やかだった果樹林道に、にわかに起こった喧騒を、沿道の桃の並木はただ黙って見守っていた。

丘陵地の中腹では車両の渋滞が頻発し、おかげで交通は完全に麻痺。わたしと那美が芸術ホールに通う車も渋滞に巻き込まれ、立ち往生することもしばしばだった。警官隊が交通整理に当たってはいるものの、いっこうに収拾がつかない。この事態に、行き交う人や車はどことなく殺気立っている。

真夏の日差しは、容赦なく数珠つなぎになった車列を直撃する。アスファルトや車のボンネットからは、濛々と陽炎《かげろう》が立ち上る。

デモの暴徒化やテロを警戒するが故に、ここまで厳重な交通規制を敷いているわけである。が、この厳戒態勢のせいで、人々の忍耐が限界に達し、却って暴動が起きやしないだろうか。そちらの懸念の方がよほど信憑性があるように、わたしには思われた。

わたしたちの乗る愛車も、ご多分に漏れず、今日も大渋滞の渦中にあって、まったく動きそうにない。

わたしはイライラが募るに任せて、カーナビゲーションの乱れがちな画面を小突いてみたり、暑さで効きの甘くなったエアコンのコントローラーをいじってみたりしていた。

一機のヘリコプターが愛車のすぐ上をよぎる。これ見よがしに轟音をがなりたて、フォーラム会場に隣接するヘリポートへとまっすぐに飛び去った。

この大渋滞の列を並んで待っているのが、なんだか馬鹿らしく思われた。堪りかねて、わたしはクラクションに当たる。

翻って、助手席の那美はといえば、悠然と構えていた。彼女は道路脇にある桃の果樹に、たわわに実る桃の実を眺めている。

「桃の実には邪気を払う霊力があるんですって。神代の昔から、そう言い伝えられてきた」

と言うと、丘の上を指さす。

「会場はまるで古代ギリシャの神殿ね。こうしてゆっくり車で丘を登っていると、市街という地底から、地上の神殿目指してそそり上がっていく蔓植物みたいね」

『何が蔓植物だ。暢気なことを……』

わたしはただただ呆れる。

『那美は、相当に人間が出来ているのか、よほどのおばかさんなのか、そのいずれかであろう。大方、芸術家という生き物は、天にも地にも突き抜けた才をもとより備えているにちがいない。でなければ、この期に及んで、このような突拍子もないコメントを思いつくはずもない』

那美はそういう女だった。

とかく、夜間戒厳令のため、外出もままならなくなった。

那美は、最近それを口実に実家へは帰らず、わたしのアパートの部屋に泊まりがちになっていた。

厳戒態勢とはいえ、ほとんどの場合何も起こらない。サイレンの音が聞こえたとしても、大抵は、酔っぱらった勢いで、憂さ晴らしに街をうろつきまわるきかん坊の輩を、取り締まるくらいのものであった。

わたしは、エアコンの風にも飽きて、窓を開け放す。そして、窓枠に軽く腰を掛けると、室内を見渡す。

ローテーブルの上には、自作の詩を書きためた大学ノートが積み上げられている。ちょっと前までは、そのローテーブルがリビングの真ん真ん中で、でんと幅をきかせていた。

が、今では隅へ追いやられ、代わってリビングの特等席にはチェロが居座っていた。

那美はそいつを両脚に挟み、わたしといる時よりも長く、そいつと時間を共有している。わたしの存在など差し挟む余地のない、恍惚の時空。

何故か、チェロの譜面台の上には、常に大学ノートの一冊が開いてある。わたしの詩を眺めながら弓をとると、感覚が研ぎ澄まされて気分が昂揚するのだ、と那美は言う。わたしを想いながら、チェロと目眩く時間をすごす。考えるだけで、狂おしい嫉妬がこみ上げてくる。

『わたしもどうかしている。チェロにまで妬くとは……』

浴室からは、那美がシャワーを浴びる音。

わたしは窓枠に腰掛けたまま、窓から外の街を眺める。

わたしの仮住まいは、三棟ある高層アパートの一棟、その中層にある。周辺には、オフィスビル、商業施設、雑居ビルやらが所狭しと林立している。中層にあるわたしの部屋は、鉄筋コンクリートと遮光ガラスで造成された人工構造物の森に、上からも下からも囲まれている。

このカオスのような街の空間こそ、わたしにとっては妙に落ち着く根城なのだ。

夜間戒厳令の下では、表通りの路上には当然ながら人気《ひとけ》はなく、いつものにぎわいとは打って変わって閑散としている。イルミネーションの照明も、普段の半分ほどにセーブされていた。

両隣のアパートからは、エアコンを稼動させるモーターの重低音と、室外機から漏れ出る生温《なまぬる》く湿った空気が、途切れることなく吐き出され続けている。そのわずかな振動音と微風とが、開け放した窓からわたしの部屋に侵入してくる。

この気怠い雰囲気、子どもの頃に観た宇宙を舞台にしたＳＦ冒険映画のワンシーンを彷彿とさせる。

宇宙船が流星の嵐に巻き込まれ、とある小惑星の洞穴に不時着するのだが、実は、小惑星そのものがうつぼか龍かに似た怪物で、宇宙船はその怪物の口の中に不時着していたのだ。眠りから覚めた怪物に、宇宙船は危うく呑み込まれそうになるのだが、既《すんで》のところで逃げ果《おお》せる、確かそんな内容だったように思う。

今、街はまるで龍か何か得体のしれない生き物の気道に、丸呑みされているようだ。

那美が、洗い晒しの髪をそのままに浴室から出てくる。わたしは素知らぬふりをして、窓の外を眺めたままでいた。

と、部屋の明かりが消される。薄暗がりの中、窓から漏れ入る人工の光に照らされて、那美の白い素肌が仄かに浮かび上がる。

那美は、音もなくチェロの脇をすり抜けると、窓際のわたしのそばへすり寄ってくる。まだ湯気の上りそうな両脚でわたしの片膝を挟み込むと、そのまま肢体をもたせかけてくる。

もはや、ふたりの間には、何人《なんぴと》も差し挟む余地はない。

龍の体内で息を潜め、ふたりだけの濃密な時が流れていく。宿主が暴れ出さないよう、密やかに蠢《うごめ》く恋人たち。

『この瞬間が永遠に続けば……』

先のことなど何も覚えず、愚かにも、今のこの生を心ゆくまで貪った。


何も起こらない、という事態が、却って不興の種となり得ることもある。

それは、脅威の可能性そのものに対する不審である。

テロや暴動への脅威など、はたして本当に存在し得るのか。いたずらに警戒心を煽っているだけなのではないのか。はたまた、狼少年になりかねないのではないか。

このような猜疑心以上に、世の中の根底にはびこる閉塞した心理的ムードに、市民は辟易している感がある。この厄介な状況は、言うまでもなく、このところ社会全般で見受けられる堪え性の退行という症状が、潜在的に進行しつつある反映でもある。

誠に由々しき事態ではあるが、恐怖《テロル》への白け《アパシー》が、人々の警戒を緩める方向へと転換させつつあった。

週明けの朝。

わたしは朝食のコーヒーを片手に、窓枠に腰掛けて窓の外を見下ろす。日中の風景は、夜のそれとは一変し、秩序立った健全な日々の営みが始動されている。

わたしのアパートからは、周囲に林立する高層建築物の間を縫うように、元安川河畔が覗き見える。

いつもと変わらぬ朝の風景。フォーラムがあろうとなかろうと、市民の日常がそう変わるわけではない。ほとりの遊歩道には家族連れの影が。スーツ姿の男が、ベビーカーを押す妻と娘に手を振りつつ、出勤していく。ひとしきり父の背中を見送ると、娘と母親は、登校する小学生の集団に合流する。母親はベビーカーを押しつつ、集団登校する小学生たちにつきそう。

わたしはコーヒーを飲み干すと、ほっと一息つく。

今日からわたしの勤務シフトが、昼間から夜間へと変わる。

那美は出かける支度をしながら、わたしに告げる。

「今週は、わたしひとりで地下鉄でホールまで行き帰りするから。でないと、夕方からの勤務に差し支えるでしょ」

確かに今日は夜間勤務の初日だし、勤務シフトに身体が慣れるまで、しばらくは疲れがたまりやすくなる。

とはいえ、わたしにとって、愛車での送り迎えなど、まったく吝《やぶさ》かではない。むしろ、那美の一方的な申し出に、せっかくの思いやりを今さらよそよそしく拒まれたようで、多少心外だった。

『仕方あるまい。那美には他意はないのだろうから』

それでも、駅までは歩いて見送りに行くことにした。


ふたりでアパートを後にする。

那美は、例によって、チェロケースを脇に抱えている。大切なチェロだけは、まだわたしに託してはくれない。

わたしたちは高層アパート群を抜けて、元安川沿いの幹線道路に出る。今朝も相変わらず、朝から暑い。やけに空が広く感じられる。

『今朝、初めて気づいた。川の上にはせいぜい橋くらいしか構造物が無いのだ。だから、視界が開けて空が広がりを帯びて見えるのか。都会では高層ビルが占拠して、仰ぎ見る空は、日々狭くなり行くものとばかり思っていたが……』

河岸に沿って、U字形に開けた空をたどっていく。しばらく行くと、中州上に管理の行き届いた公園が見えてくる。今朝は一際緑が映えている。

気味悪いほど雲一つ無い快晴。まだ朝だというのに、もうすでに暑さでアスファルトから陽炎《かげろう》が立ち上り、河岸の街路樹も川向こうの緑も、どこもかしこも揺らめいて見える。

やがて、わたしたちは川縁を後にし、地下鉄のターミナルへと地下通路のスロープを下っていく。

ちょうどラッシュアワーにつかまって、地下のコンコースは人の群れでごった返している。那美は、チェロを自分とわたしの身体の間に挟み、人混みからかばっている。

ようやく改札口付近までたどりつく。

那美は荷物検査の列に並ぶ。順番が回ってくるまで、わたしはそばで付き添う。

何十分待っただろうか……ようやく那美の番が回ってくる。

「いつもありがとう。それじゃ、ね」

那美は人目を憚らず、わたしに手を振る。少々照れくさかったが、わたしも手を振り返す。

わたしはひとり、もと来たコンコースを引き返す。地下通路のスロープを上ろうと角を曲がったところで、突如、背中から左肩に衝撃を覚え、わたしは前につんのめって倒れ込んだ。

咄嗟に顔を上げると、男がわたしの目の前に立っている。逆光だったせいで、顔つきや表情はよくはわからない。が、満身からは、常軌を逸したアウラが……ギラギラと脂ぎったアウラが沸き起こっていた。

わたしのそばには、男が所持していると思われるアタッシュケースが投げ出されている。男は勢い込んでアタッシュケースをひっ掴むと、人の波をかき分け、ものすごい勢いでターミナルの奥へと走り込んでいく。

「道をあけろ！」

男の後を、武装した警官や機動隊員数人が、大声で叫びながら追跡する。

騒然たる一団は、アンチドラマのごとく何の脈絡もなく、われわれ市民の日常に割り込んできて、土足で踏み荒らし、嵐の如く去っていった。衆人はただ呆気にとられるばかりでいた。

わたしは、一息ついて立ち上がろうとした。

そのときだった。

太陽が、突如地上に墜落したかのような閃光が、ターミナルの奥から照射してきた。

次いで、耳を劈く爆音。

一瞬の事変が、低速度《スローモーション》になって体幹の奥深く膏肓《こうこう》を貫いた。

衝撃波が身体の動きを封じ込め、立ち上がろうとしたわたしの肢体は、再び地面に叩きつけられ減《め》り込まれた。

物という物、人という人が、渾然となり、辺りに飛び散る。

『熱い……身体が熔ける』

身を起こすと、わたしは、灼熱で焼き尽くされた瓦礫の中にいた。

熱風が肺を焼き、その輝《ひび》から肚《はら》の底に向けて熱風が浸透する。

粉塵が舞い上がっているせいなのか、それとも先ほどの閃光で眼をやられたのか、わたしは漆黒の闇に取り囲まれていた。わたしの眼には、ただ燼餘《じんよ》がぽつぽつと映るのみ。

『早く、此処から逃れなければ……。那美は？　那美は何処？』

わたしは、見えない眼を懸命に凝らし、那美を求めて、瓦礫の山を必死に這いずりまわる。

と、瓦礫の隙間から、チェロのケースが覗く。わたしはずり寄って、死に物狂いで瓦礫をかき分ける。チェロのケースをしっかりと抱きしめている腕を探り当てる。那美の手がわずかに動いたような気がする。

『生きている！』

那美はケースを掴んで離そうとしない。わたしは、那美の腕を無理矢理ケースから引き離す。そして、手探りで那美の身体を掘り起こし、背中に負う。

『確か出口はあっちだったはず……』

コンコースは未開の洞穴の口と化していた。もうもうと立ち込める粉塵に視界を遮られ、思うように前に進めない。それでも、わたしは四つん這いになって、手探りで一歩ずつ前進する。

粉塵の中に突如現れる、もろくも崩れたコンクリートの塊、ぐにゃぐにゃにねじ曲がった鋼鉄製の針金。わたしは、それら瓦礫に無我夢中で喰い下がる。

わたしの手元足下には、それらと見紛う、よく見ると骨砕け千切れ散った人肉塊が散乱している。自分の手足が、建物の残骸を掴んでいるのか、はたまた屍を掴んでいるのか、判別がつかない。否、どうでもよかった。今はただ、いち早くこの洞穴から抜け出すのみ。

命からがら洞穴の外へ出てはみたものの、状況は変わらなかった。洞穴の中と何ら変わらぬ光景が、辺り一面延々と続いている。

美しかった水辺の市街……すべてがさっきまでとは正反対の惨状。

沸き立つ河床に、頭から突っ込む屍が累々。河水の蒸気は、灼熱のアスファルトを焠《にら》がせ、真っ黒な粉塵を巻き上げながら、劫風が廃墟《まち》を吹き荒れる。

高層ビル群は、鉄とシリコンが熔けて渾然一体となっていた。神の雷《いかずち》に撃たれて燃えさかるタロットの塔と形容すべきか。

その塔から、白い紙切れがばらまかれ、宙を舞う。否、人である。一瞬にして灰となった骸が、劫風に吹き上げられているのだ。

地獄と呼ぶには軽薄すぎる。

『これは、滅びという名の新たな刹土《クニ》……』

手足が地面に鎖で繋がれているようで、わたしは一歩も動けない。絶望という鎖。逃れる先がない。

『此処で死ぬのか……』

その時、那美の手が、わたしの眼の横をかすめる。その手はある方向を指さしていた。

『そうだ、わたしには那美がいる。こんなところで、行き倒れになるわけにはいかない』

那美の手は、確かに丘を指さした。神殿のある丘と形容した、フォーラム会場のあるあの丘だ。

『那美が導く先を目指すのだ』

そこまでたどり着きさえすれば、ヘリポートがあるはずだ。

『一縷の望みに掛けてみよう。何としても助かってみせる』

最初の熱線で、市民は悉《ことごと》く死滅した。所々で上がる、助けを呼ぶ断末魔の叫び。

『いずれ、彼らも皆、間もなく死ぬ』

医師でありながら、助けを求める人々を、わたしは見て見ぬふりをした。

動かぬ瀕死者ならまだ良い。

さながら歩く屍《ゾンビ》と化した、かつて命有った人々。もはや人の原形をとどめぬほど傷ついた無辜《むこ》の民。彼らは次から次とわたしに追いすがり、腕を掴み、脚にしがみつき、背中の那美を引き剥がそうとし……。

わたしは、助けるどころか、見捨てるどころか、こともあろうに、彼らを、あたかも木偶のごとく打ち遣り薙ぎ払った。

『わたしはもはや人でなし』

わたしは、心眼を閉じ、心耳を塞ぎ、我と我が身を枯れ損なった燥木ならしめた。そして、ひたすら、市街という生き地獄から、そそり上がる蔓植物のごとく、丘陵の頂上を、神の館を目指して這い上がっていった。

いつもの通い慣れたバイパス。路肩には車両の残骸がくすぶっている。それら燃え残りが誘導灯となって、わたしたちふたりを丘の頂へと導く。

やっとの思いでここまで逃れてきたが、見上げる先の天穹は、最果てもなく粉塵に埋めつくされ、丘の頂上は闇で覆われている。

どのくらい歩いたであろう。ようやく丘の中腹までたどり着いた。

『あと一息だ』

仄暗い中、並木である桃の果樹の実が鈴なりに揺れている。

と、那美がわたしの肩に手を掛ける。

思えば、片時も休まずここまで来た。わたしはそっと那美を背中からおろすと、桃の木の根元に横たえる。

ふと、のどの渇きを覚える。

『那美もきっとのどがからからだろう』

わたしは渇きを癒そうと、何か水の代わりになりそうなものを探した。すると、桃の木が目に留まる。わたしは、ひとつの桃の実に手を伸ばした。

『何だ？　やけに熱い。たしかに、わたしの手も火傷のため、相当に感覚が麻痺しているが、それにしても……』

目を凝らすと、紅く見えている桃の実は、真っ赤に焚《も》える火の玉と化していたのだ。

わたしは手にした桃の実を投げだす。そして、別の実をもごうと辺りを見渡す。が、あの実も、この実も、見渡す限りたわわに実っていたはずの桃の実すべてが、炭火のごとくかっかと炎をあげているではないか。

わなわなと唇が震えるのを、わたしは自覚する。

那美をかえりみる。木の根元で横たわる黒い背中。恐る恐る手を伸ばし、那美の肩に手を掛ける。那美の肢体が、わたしの腕の中にどさっと崩れ込んだ。

わたしの全身に戦慄が走る。

那美の髪は燃え落ち、眼球は落ち窪み、鼻頭は摩滅していた。

もはや那美の原形をとどめてはいない。わたしは、その肉塊を手ずから取り落とす。その塊は、地面に当たった弾みで、四肢と胴体がばらばらになって朽ちた。

わたしは後退りし、上体を背け、嘔吐した。

ただその場から逃れたく、丘の斜面を必死に足掻いた。

闇黒《あんこく》の中、焱々《えんえん》と炎の飛沫《しぶき》が迸《ほとばし》る桃の並木道を、わたしは息も絶え絶えに、上へ上へと這っていく。

上り詰めて行くにつれ、車両の燃料タンクに孔が開きガソリンが漏れ出していくかのごとく、わたしの身体《からだ》からは急激に魂魄《なかみ》が抜け出て、空っぽになっていく。

虚しくなればなるほど、この身は軽々《かろがろ》しくなり、丘陵を上る。

ちょうど魂魄《なかみ》が尽きたところで、わずかに光が射してきて、暗闇から脱したのが自覚できた。

目の前に、芸術ホールの神殿が現れる。

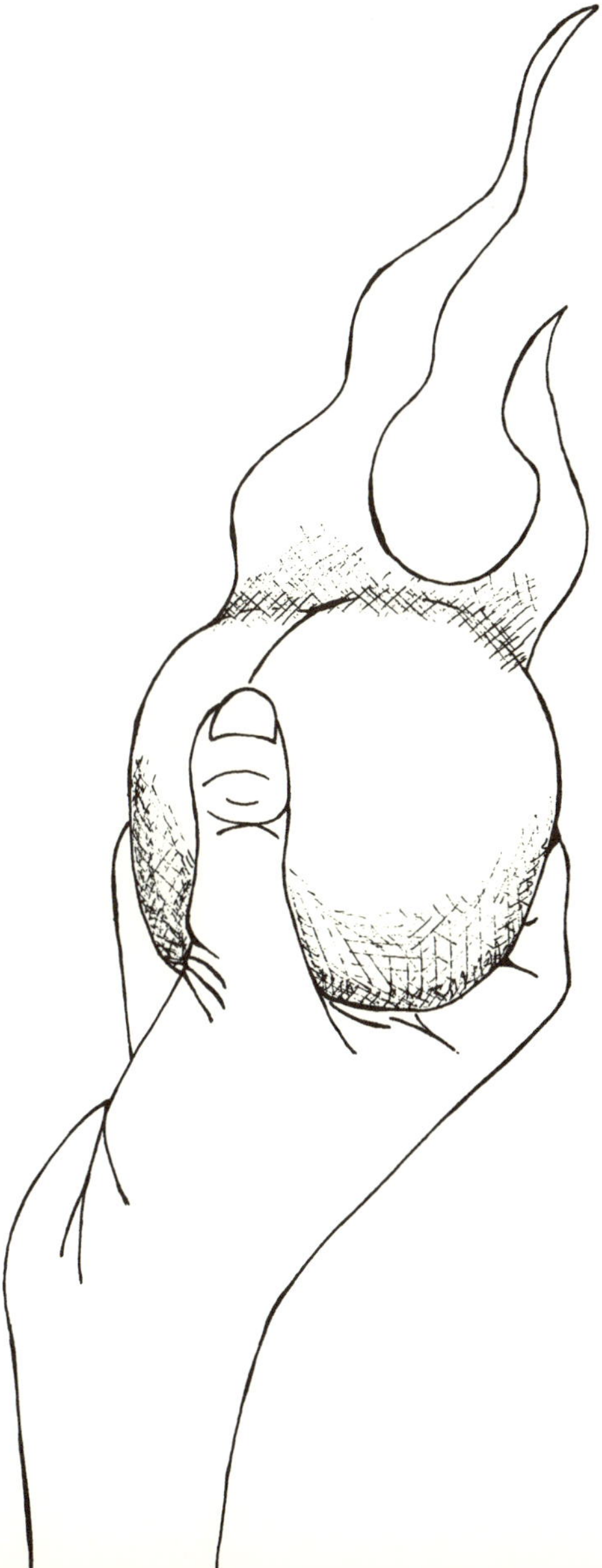

遠くで声がするのが聞こえる。空虚となったわたしの肉体は、その場に崩れ込んだ。

ほどなくして、救援隊の隊員がわたしのそばに駆けつける。

「こっちだ！　まだ間に合う！」

耳元でけたたましく叫ぶ声。隊員たちは、わたしを両脇から抱え上げると、担架に乗せる。わたしは為されるがまま運搬されていく。

轟音と旋回する風圧を肌に感じる。わたしは間一髪、飛び立とうとするヘリコプターに担ぎ込まれたのだ。

飛び立ったヘリの中は、骨の髄まで傷つき、危殆《きたい》に瀕する負傷者たちであふれかえっていた。

ヘリは丘の頂の上空で旋回する。

わたしは、わずかに首をもたげて、ヘリから地上を見下ろす。眼下に見えるのは、煙幕で覆われたＺＯＮＥの黒い影だった。

＊　＊　＊

「ＺＯＮＥはすべてを呑み尽くし、虚へと帰す。茫漠たる虚無を前に、医師であることを棄て、那美を置き去りにし……己の非情に恐悸《きょうき》するばかりだった。人間性を捨て、愛を捨て、魂魄《なかみ》を虚しうして、あとに在るのは蛻《ぬけがら》だけ。枯れ果てた地上には雨も注がない。わたしにはもう涙すら涌いてこない。人間としてわたしはもはや死人。何故わたしがZONEから生還できたのか？　それは、人間であることを放棄したからだ。愛も魂魄《たましい》もない者を、人間とは呼べないだろう？」

詩人は言葉を切った。

下唇をかみしめ、込み上げてくる感情を必死に堪えている様子だった。

しばらくして、彼は深く息を吐いた。そしておもむろに口を開く。

「思えば、那美が生かしてくれたこの命。那美を背負っていたおかげで、絶望に呑み込まれることなく、ZONEの端境までたどり着くことができた。那美を背から降ろしたおかげで、恐怖《テロル》からの追跡を振り切ることができた。那美……君との愛と引き換えに、むざむざと生きながらえた。わたしは詩に書き記す。ZONEとは如何なる処なのか。人類が如何なる末路をたどるのか。暗雲の未来が、生命息絶えた不毛の天地を黙示しているという事実を。これがZONEからの生還者としての贖罪《つとめ》。死に損ないに科せられた贖罪《つとめ》。なのに、わたしの声は人事の雑踏にかき消され、人々の耳には届かない。わたしは、同じ天地にいながら、全く別次元に生きている。閉ざされた鏡の向こうで、人類の行く末を、ただ歯痒く見送るしかない。人々からすれば、わたしはすでにZONEにて死んでしまった人間、死の国の住人なのだ」

詩人は、落ち窪んだ眼孔をわたしに差し向け、肚の底から這い上がるような声で言葉を継ぐ。

「ZONEとは、死に至る病、即ち、絶望が蔓延する死の国。一度《ひとたび》ZONEの劫火に曝されると、死に至る病が遺伝子《DNA》にまで刻みつけられ、二度《ふたたび》生きる希望は甦らない。君も知っているだろう。ZONEからの生還者たちは、次々と死に至っていることを。その多くは、自ら命を絶ってのことだ。放射線による後遺症が絶え間なく発症する。遺伝子《DNA》に刻印された死に至る病が、肉体の何処かで何時ぞ発現するのを、死に神のごとく、手ぐすね引いて待ちかまえている。確かに肉体は滅ぶ。だが、死に至る病とは、病そのものではない。死への恐怖《テロル》と生への絶望。生きる望みが無い、という心理こそが、真に死に至る病、即ち、絶望なのだ。今やその刻印は、一個人を超えて、人類という種の遺伝子《DNA》に刻み込まれている。死に至る病は世代を超えて受け継がれ、われわれの子孫は、何時ぞ発現するとも知れぬ絶望に怯えながら、生きてゆかねばならない宿命を負った。人類は、自らの手でZONE、即ち、死の国を創造した。人類はクニウミをしたのだ。壊劫という滅びの刹土《くに》を。これは神話だ。人類はまた一歩、神の域に近づいた。ZONEは、この地上のありとあらゆる場所、ありとあらゆる事物の中で拡大を続けている。この国は言うにおよばず、世界中で。わたしの中でも、君の中でも。正確にはＺＯＮＥへの恐怖《テロル》と言うべきか。いつ訪れるとも知れぬ死への恐怖。恐怖《テロル》はあらゆる営みを竦《すく》ませ、絶望の淵へと追いやる。人が人間という営みを棄ててしまえば、生ける屍。人類は滅んだも同然。ＺＯＮＥの目論見は、ものの見事に達成されたというわけだ。これも人類の勝利と言えるのなら、自業自得というべきか」

彼は目を閉じる。

「わたしはもうすぐ死ぬ。わたしの肉体のあちこちで癌の浸潤が進み、それが神経を圧迫し痛みを覚える。その痛みを感じる度に、那美が身を挺して残してくれた命の重みを噛みしめる。そして、痛みが増す毎に歓びを覚える。那美の待つ処《クニ》に近づきつつあると。もうすぐ贖罪《つとめ》から解放され、はれて死の国の住人となる。そこに置いてきた魂魄《たましい》を取り戻すために……」

＊　＊　＊

詩人の訃報を知ったのは、ついこの間のことである。

わたしは、元安川の川縁の遊歩道を道形《みちなり》に逍遙《しょうよう》する。

先ほど乗船していた、定期観光海上・水上バスが、原爆ドームの脇をかすめると、橋梁をくぐり、静やかに水面を滑りゆく。水の波紋が陽光をみだりにはね返し、その煌めきと相まって、詩人の言葉が、波打つかのごとくわたしの脳裏でリフレインする。

『わたしが真実を語るということは、わたしの背負っている業を君も一緒に背負う、ということになるかもしれない』

五年前の惨劇が、わたしと詩人の運命を二分した。

当時、事件現場に居合わせたのか、居合わせなかったのか。同じ天地に生きていながら、ただそれだけの違いで、鏡を介した此方側と彼方側のごとく、ふたりは正対称のまったく別次元に生きることになった。

わたしは今でも生を謳歌し、彼は滅び朽ちた。

まかり間違えば、わたしが閉ざされた鏡の向こう側にいたかもしれない。病室で目の前にいた彼は、鏡に映しだされたわたしの姿だったかもしれない。

わたしは橋梁の手前で立ち止まると、欄干に手を掛け川面を望む。ほんの少し傾き掛けた太陽の日射しが、夏の終焉の始まりをそれとなく予告している。

携帯端末の時計を確認する。

『もう、こんな時間か……』

わたしは東へと方向転換する。バスターミナルに向かうためだ。

これから空港へ向かうべく、リムジンバスに乗る。平和のための国際フォーラムに出席するため、来日する外国の客人たちと空港で落ち合うことになっているのだ。

『明日からは強行軍になるに違いない』

わたしは携帯端末片手に、スケジュールを確認しながら、目抜き通りを人の流れに沿って、雑踏の中を縫うように行く。

不意に、大型の楽器のケースを脇に抱えた若い女とすれ違う。

『チェロであろうか……』

わたしは女と視線が合う。

眼孔から放たれる、常軌を逸したアウラ。不吉な予感が、雷《いかずち》のごとく、わたしの胸の奥深く、膏肓を貫いた。冷汗が背筋をどっと流れ落ちる。肚の底から恐怖《テロル》が突き上げ、全身に充溢《じゅういつ》していくのを自覚する。

女は、長い髪を掻き上げ、足早に立ち去る。

わたしは、膝が抜けて踏ん張りがきかない。

『とにかく、人混みから逃れよう。顔でも洗って、頭を冷やそう』

わたしは、目抜き通りに軒を連ねるショッピングセンターに駆け込む。

誰もいないレストルーム。外の喧騒がまるで他所事《よそごと》のごとく、静かで落ち着いた空間。濡れた顔をハンカチで拭いつつ、わたしは洗面台の鏡に向かう。

さっきすれ違った女の、あの眼。あれは死を覚悟した眼。例の詩人のそれと、まったく同類のものだった。

『まさか、ただの思い過ごし……』

そう、ただの思い過ごし、悪い白昼夢。

もしも、悪夢でないのなら、ZONEへの恐怖《テロル》、即ち、いつ訪れるとも知れぬ死への恐怖が、わたしの遺伝子《DNA》にも確実に刻まれており、発現の機会を虎視眈々と窺っているということなのか。

ZONEの目論見通り、自らの裡《うち》なる虚像によって恐怖はさらに増幅され、やがて絶望という袋小路へと追い込まれていく手筈なのか。

『これがZONEの拡大？　だが、仮に、今し方の予感が、本物の禍《わざわい》の兆しであるとするなら……』

恐怖は黙《しじま》に背後に迫り、突如、現実のものへなり変わると、わたしの項《うなじ》に飛びかかって繞《しま》いて、一挙に死に至らしめようとしているのか。

洗面台の脇にある全身鏡に我が身を映し、項《うなじ》を確かめる。

『根拠もない……』

首を横に振り、妄想に過ぎない、と自らを一蹴する。

と、背後の採光用の窓に強烈な光が射すのを、わたしは鏡の中に見出す。

太陽が突如地上に墜落したかのような閃光が、鏡を介してわたしの肢体に浴びせられる。時を同じく、物凄い爆音が。その瞬間、わたしの聴覚は麻痺する。

一瞬の事変が、低速度《スローモーション》になって覆い被さる。衝撃波に身体の動きを完全に封じ込められると、肢体ごと鏡の方にもっていかれる。

わたしの肢体が、鏡に映る自分の肢体に叩きつけられる。閉ざされているはずの鏡が割れ、その向こう側に、わたしは減《め》り込まれた。

あとがき

不肖の前に、作家という文字が形となってぶら下がったのは、十代最後の年だった。

「君は物書きにおなりなさい」

と、随分断定的におっしゃったのはＫ教授。御年八十歳近くの御老体で、倫理の講義を受け持つため客員教授として大学に招かれていた哲学の教授である。

Ｋ教授とは、講義の課題レポート提出以外にも、教授から拝借した長編ドキュメンタリー『ショア』のＶＴＲを返却する際にお礼兼感想文を差し上げたりと、何やらかんやら文章をやり取りする機会が幾多あった。

時には、講義後も、不肖なおも物足りず、Ｋ教授のもとを訪ね、純喫茶で何時間も講義の延長戦をしていただいたこともあった。

兎角、哲学に飢えていた若かりし不肖に、人生の肥やしを与えてくれたＫ教授。教授に導かれ、不肖は実存主義なるものに触れることとなった。この時の経験は、その後の人生、ぶれずに歩んでいく上で、大いなる指針となってくれていることに相違はない。

さてさて、唐突に、作家になれ、なんてこと言われたところで、不肖、一体全体どうしたものかと絶句していた。すると、Ｋ教授は不肖の心《うら》を察したのか、こうおっしゃった。

「書くと決めたら、その時から、そりゃもう物書きだよ」

ポカンとしている不肖に対し、

「そもそも、女に哲学なんか向いていない。君の書くものを読んでいると、つくづくそう思う。哲学なんてものは、暇な男がするただの遊びだよ。そこには何の実体も伴わない。男はロマンティストで夢を追い求めるが、女は〝実〟を担っている。だから、君は哲学ではなく、物書きを目指しなさい」

Ｋ教授はさらに続ける。

「君を理解ある女性と見越して、誤解を恐れずに言いますが、女の場合、必然的に人生のステージを次々と変化させざるを得ない。結婚し、姓が変わり、命がけで子を産み育て……ところが男の場合、人生にあまり起伏がない。わたしにしたってそうだよ。結婚したからといって、人生ががらりと変わってしまうなんてことはなかった。その点、わたしの妻はえらいもんだ。男はひたすら働き続け、稼いでくるだけだ。だから、男には哲学が必要なんだよ」

Ｋ教授は、まるでもうすでに不肖が物書きになっているかのごとく、こうおっしゃる。

「ただし、君の場合、気をつけんならんことがある」

そうして、物書きとしての心得三教訓なるものを授けて下さった。

「先ずは物書き以外にちゃんとした職に就きなさい。君なら二足でも三足でもわらじを履けるよ。社会との接点を持ってこそ、君本来の持ち味が出てくるのだと思う」

往々にして作家は無頼になりがちであるが、職に就いていると、そのことが頸木《くびき》となって世の中に繋ぎ止めておいてくれる。おそらくそういう意味も含まれているであろう、と不肖は思う。

「次に、結婚して家庭を持ちなさい。できれば子供もいる方がいい」

人として当たり前の潤いある人生を経験してほしいと、K教授の切なる願いがこの言葉には込められているのだと思う。

「最後に、幸せになりなさい。君を見ていると、幸福を遠ざけているように思われてならない。幸福であることは罪ではない。むしろ美徳だ。幸福の希求は、他の動物には真似できない人間のみに許された特権なのだから」

K教授は不肖の肩をぽんと叩く。

「君のような学生に出会えて本当によかった。わたしはもうすぐ寿命を終えますが、間に合って本当によかった」

Ｋ教授はそう言い残すと、踵を返し不肖の前から去っていった。振り返らずにこちらに手を振る教授の背中は、今でも不肖のまぶたに焼き付いている。

今現在の不肖は如何様であろうか。Ｋ教授の掲げる幸せからは、ちょっぴり遠のいているかもしれない。が、それは飽くまで不可抗力であり、少なくとも自ら遠ざけているわけではないのは確かだ。

「そのうち、幸せになろう」

と、微笑むＫ教授の声が聞こえてきそうだ。

さて、本拙作について、ちょっとだけ解説をば。

実は、短編映画を撮りたくてシナリオの形で書きためていたものを、今回短編小説として改めて書き起こしたのが、本作品集なのであります。

当初は『素人で撮れる範囲の設定で書く』つもりが、例によって例のごとく、妄想が、否、創造力がエスカレートして、素人では撮影不可能な代物になり、あえなくお蔵入りとなっておりましたシナリオたち。この度、それらシナリオを、埃を払って蔵から引っ張り出してきて、加筆したり設定を改変したりするなど大分リニューアルし、晴れてお目見えと相成りました次第でございます。

各編の構成は、日本の古典芸能の形式にならい、序破急を意識してみました。即ち、実に穏やかにゆっくりと始まった物語が、途中急展開を見せたかと思うと、一足飛びにクライマックスへと昇りつめ、すとんと結末にいたる、といったニュアンスとでも申しましょうか。

第一編は、ご存じ『邯鄲《かんたん》の夢』をモチーフにしております。これは、人生の栄枯盛衰がいかにはかないものであるのかを例えた中国の故事ですが、芥川龍之介の『黄粱夢』では、人の一生は寸暇のごとく短くはかない、だからこそ、目いっぱい謳歌し生き抜きたい、と一味違う解釈が加えられております。

拙作では、〝夢〟に焦点を当てております。夢を潜在意識に見立て、そこに内在する潜在的利己心を、顕在意識の自己にまざまざと見せつけることで、我が身の偽善を思い知り絶望する、というのが本編のハイライトであります。

第二編『マッチ売りの少女』は、ご存じ、アンデルセン作の日本でもっとも有名な創作童話の一つをモチーフにしたもので、第一編の続編であります。

第一編では絶望までの過程を主題に描きましたが、第二編ではさらに付け加えて、絶望し尽くした先にある自暴自棄、さらにその先の居直りという名の傲慢と欲求が、主人公の中で際限なく膨張していく様を表したつもりです。

そして、これらの野獣を自らの中に飼いならすことで、己の人間性が食い殺され、ついには正真正銘の野獣となり果てる、というのがこの編の見どころであります。

ちなみに、少女の娼婦の名ソーニャは、誠に僭越ながら、ドストエフスキー『罪と罰』に登場する世界一有名な娼婦から頂戴しました。

余談ですが、本編のアイディアを思いついたのは、なぜかボウリング場でした。しかも、ボウリングのボールを投げる瞬間に、びびびっときてしまい、で、不肖思い余って、隣のレーンにボールを投げてしまったのであります。お隣さんには迷惑な話です。

第三編、ここでのテーマは、悪無限であります。あるいは、無限ループ地獄とでもイメージしましょうか。たとえるなら『シジフォスの岩』という神話がふさわしいのかもしれません。これは、本作全編を通じて、暗渠《あんきょ》のごとく底辺に貫かれているテーマでもあります。

この地上の生きとし生ける生命体は、reincarnation、即ち、永劫回帰というべく生き死にの循環に支配されているといえます。が、己の欲求を満たさんがために、こうした神の摂理に背き、自ら望んで正の循環から逸脱して、不毛な繰り返しをそれとも気付かず延々とし続ける……。

思えば、現代社会は、もう既にこのような負の循環に陥っており、そこに生きる人間は、それとも気付かず、あたかもモルモットが回し車の中で走り続けるかのごとく、未来永劫悪無限のループの中を走り続けるのかもしれません。

ところで、本編では、エディプス（オイディプス）とアンティゴネの伝説を主軸に物語を構成しましたが、これら一連の伝説は、心理学者フロイトのエディプスコンプレックスに代表されるように、西欧の精神文化の礎となっております。

本編で取り組んだことは、西欧的思想の源流をたどっていくという面からも、大変興味深い経験となりました。

第四編は、K教授と出会わなければ生み出されることはなかった、と言っても過言ではない作品であります。この邂逅なくしては、本編を書くには至らないことはおろか、不肖が物を書くということすらなかったでしょう。

K教授との出会いの意味は正《まさ》しくここにあったのだ、この邂逅は偶然の鉢合わせか何かの類ではなく、本編を書かせるべくして不肖の人生の道行に予《あらかじ》め仕込まれていた、と思わずにはいられないのであります。

学生当時、折しも世界という名の渺茫《びょうぼう》たる大洋を前にして、迷いの岸辺に立ち尽くす不肖に、迷える自分をあるがままに受け入れよと諭し、人の道を照らし、幸福へと目を拓かせて下さったK教授。

Ｋ教授と出会って物を書こうと決意した以上、いつかはこのようなテーマに向き合わなければならない、と思い続けてきました。あるいは、そうした衝迫を常に心に内包してきたからこそ、今の今まで筆を折らずにやってこられたのかもしれません。兎に角、積年の願いがようやく実り、感慨も一入《ひとしお》であります。

ちなみに、本編は不肖のペンネームの由来となった作品でもあります。二〇〇六年、本編の元原稿をお読みになったＮ先輩が、青桃と名付けてくださいました。Ｎ先輩によりますと、霊的な力を持つ果実である桃に、いつまでも青々しくあれという願いをこめて、名付けられたそうです。

当初は、『元始、女性は太陽であった』の著者である平塚らいてう女史が創刊された雑誌『青鞜』にあやかって〝せいとう〟と読むはずだったのですが、お披露目して以来、どなたからも〝せいとう〟とは呼ばれず、〝あおもも〟と呼ばれました。故に、いたしかたなく青桃《あおもも》と名乗ることと相成りました次第でございます。

さて、古《いにしえ》より伝承されてきた故事や神話、寓話などの伝承文学は、ややもすれば、あばら家のごとく粗筋だけが残されているような印象に映ります。が、廃れることなく連綿と受け継がれてきた所以は、そこに伝承するに値する深い意義があるからに他ならないでしょう。

現代とは比べ物にならないほど、情報伝達手段に乏しかった太古。それだけに、伝えられる中身は選りすぐられ、希少価値に富んでいると言えるでしょう。

時の淘汰に耐え残されてきた人類の遺産を、再考し、新たなる価値を付与することで、現代を生きるわたしたちにも十二分に通用する示唆を与えてくれるに違いない。不肖はそう信じておる次第であります。

さりとて、『短編集はごっつう大変や！　もう二度とごめんこうむりたい』というのが正直なところ。というのも、アイディアを捻りだし、物語の構成を考え、人物像を形づくり、いざ執筆……といった一連の工程にかかる手間は、長編にせよ短編にせよ、まったく等しいのであります。

したがって、短編を四編書くということは、四つの作品を書く労力に相当します。陸上競技にたとえるなら、マラソンレースか百メートル走か、二競技のうちいずれを選択するのかの問題であって、決して走る距離が問題ではない！　ということなのであります。ところが、本にしますと一冊分……うーん割に合わないよー！

とはいえ、頭のどこか片隅では、またいつか挑戦してみたいなあなどと、身の程知らずなたわごとぬかしてけつかる不肖がいる。ああ、それが物書きの愚かな性分というものなのでしょうか。

最後に、拙作を世に送り出す歓びを噛みしめることができますのも、読者の皆様あってのことと深く感謝申し上げます。末永くご愛読賜りますよう、心よりお願い申し上げます。

不肖に再三出版の機会を与えて下さり、多大なるご尽力を賜りました関係者の皆様に、今一度御礼申し上げます。さらに、不肖のことを、曲がりなりにも小説家と認めていただき、『すごいな、次回作も楽しみや』と、惜しみなく賛辞、応援の言葉をかけてくださる心友の皆様へ、心より感謝申し上げます。

そして、やっぱり。愛する母へ、ありがとう。

著者プロフィール

青桃（あおもも）

５月生まれのふたご座。
生まれも育ちも大阪。
趣味はサイクリング、工芸手芸、絵を描くこと、ピアノを弾くこと。
好物は、桃とハードロック。
著書に、『汀の砂』『子供たちの午後』（ともに文芸社）がある。

新クニウミ神話 ―ZONE―

2014年４月15日　初版第１刷発行

著　者　青桃
発行者　瓜谷 綱延
発行所　株式会社文芸社
〒160-0022　東京都新宿区新宿１－10－１
電話　03-5369-3060（編集）
03-5369-2299（販売）

印刷所　株式会社フクイン

ISBN978-4-286-14891-5